W0373935

Je pense à autre chose

DU MÊME AUTEUR

Compte rendu analytique
d'un sentiment désordonné
Fleuve noir, 1984

Éloge du gaucher
Laffont, 1987

Tous les matins je me lève
Laffont, 1988
et Seuil, coll. « Points », n° P118

Maria est morte
Laffont, 1989

Les poissons me regardent
Laffont, 1990 – J'ai lu, 1993

Vous aurez de mes nouvelles
Laffont, 1991

Parfois je ris tout seul
Laffont, 1992

Une année sous silence
Laffont, 1992 – J'ai lu, 1994

Prends soin de moi
Laffont, 1993
et Seuil, coll. « Points », n° P315

La vie me fait peur
Seuil, 1994
et coll. « Points », n° P188

Kennedy et moi
Seuil, 1996

L'Amérique m'inquiète
Petite Bibliothèque américaine
Éditions de l'Olivier, 1996

JEAN-PAUL DUBOIS

Je pense à autre chose

ÉDITIONS DE L'OLIVIER

REMERCIEMENTS

Je voudrais dire ici toute ma gratitude à ceux qui, à leur insu ou sciemment, m'ont apporté aide et soutien pendant la rédaction de ce livre : David Lagache et Jean-Baptiste Harang. Marie-Christine Otal, André Corman, médecins ; Olivier Moch, Jean-Michel Wermelinger, de Météo France à Toulouse ; Pierre Laurent, navigateur tropical à Pointe-à-Pitre, Guadeloupe ; Johanne Paquette, Michèle Corbeil, Serge Théroux, Pascal Assathiany, hôtes chaleureux et bienveillants à Montréal, Québec ; Gilles Mingasson, photographe à Los Angeles ; Jimmy Cohen, basketteur d'avenir à Jérusalem.

ISBN 2-87929-144-5

© Éditions de l'Olivier / Le Seuil, 1997.

Le Code de la propriété intellectuelle interdit les copies ou reproductions destinées à une utilisation collective. Toute représentation ou reproduction intégrale ou partielle faite par quelque procédé que ce soit, sans le consentement de l'auteur ou de ses ayants cause, est illicite et constitue une contrefaçon sanctionnée par les articles L.335-2 et suivants du Code de la propriété intellectuelle.

« L'ampoule était petite, et debout là dans sa faible lumière avec ma fille derrière moi, je sentis, comme cela m'arrive parfois, une tristesse m'envahir. Sans doute me demandais-je pourquoi, de toutes les vies qui auraient pu être miennes, j'ai eu celle que je viens de décrire. »

ETHAN CANIN

Je voudrais me laisser aller, ne plus avoir peur, ne plus me préoccuper du jugement des autres. Je voudrais me débarrasser de toute pudeur, de toute réserve, et faire une chose que l'on ne peut espérer raisonnablement accomplir qu'une seule fois durant son existence : dire la vérité.

1

J'ai enterré trop de chiens pour feindre d'ignorer ce qui m'attend. Tout n'est plus désormais qu'une question de temps, de patience. Autrefois, je me vantais d'aimer la compagnie des mouches. Désormais, je trouve leur empressement déplacé quand je les vois, fébriles, téter mon épiderme.

Tous les matins, l'infirmière de jour glisse une aiguille dans la veine de mon bras. Je suis à ce point accoutumé à cette intervention que je n'éprouve ni douleur ni appréhension au moment de la piqûre. Je laisse l'Anafranyl se mélanger lentement à mon sang.

Avec un peu de bonne volonté et l'aide des quelques médecines que l'on me dispense, je pourrais retrouver une vie à peu près normale. Mais cette perspective ne me tente pas. Je préfère m'en tenir aux dispositions que j'ai arrêtées.

Depuis l'été dernier, bien des choses ont changé. Mon odeur corporelle s'est modifiée, mes cheveux ont blanchi, je me suis décharné et j'ai surtout anormalement vieilli. Lorsque je me considère dans le miroir, lorsque j'examine cette pâte grise qu'est devenue ma peau, je prends l'exacte mesure de mon état. Mais cela n'est rien à côté du délabrement de mon esprit. Au fil des jours, je suis parvenu à le mettre en ruine, à le déconstruire. Ce fut un travail de longue haleine, méthodique mais aussi totalement paisible. Régresser est un exercice reposant. Aujourd'hui, je suis un homme enfoui.

Si je sors temporairement de mon trou, si je m'astreins à écrire ce compte rendu analytique, c'est pour prouver que ma réclusion n'est pas volontaire, que je n'ai pas, du moins au départ, délibérément choisi la solitude de ma cellule, que mes proches se sont ligués pour m'enterrer vivant. À l'issue de cet examen, chacun saura ainsi que j'ai été piégé, que je ne suis pas ici de mon plein gré.

Je m'appelle Paul Klein. Mon nom est inscrit sur le flacon de la perfusion. Cet élixir que l'on m'injecte quotidiennement depuis plusieurs mois est censé m'apporter les vitamines du bonheur. Je me plie sans rien dire à cet exercice convenu. Mais autant arroser un arbre mort.

Je suis allongé sur mon lit. L'infirmière règle le débit de l'écoulement en me parlant d'une émission de télévision que je n'ai pas vue. Avec la langue je caresse mes dents. J'occupe la chambre 41B à la clinique psychiatrique Weisbuch de Jérusalem.

Cela va faire huit mois que je suis arrivé dans cette ville. J'étais venu passer quelques jours auprès de mon frère Simon. Je ne suis jamais reparti. Parfois, lorsque je regarde le ciel et les toits avoisinants, la tristesse me submerge comme une nausée. Et je vomis. D'une manière générale, les médicaments me maintiennent à flot, dans une posture assez proche de celle d'un homme qui fait la planche, à la merci du moindre clapot. Je n'attends pas de visites. D'ailleurs, personne ne vient jamais me voir.

Simon est mon frère jumeau. Notre ressemblance physique est confondante. En revanche, je n'ai pas le souvenir que Simon et moi ayons eu une opinion ou un sentiment en commun. Toute notre jeunesse, nous nous sommes affrontés ou, au mieux, ignorés. Au lieu de nous rapprocher, comme c'est souvent le cas, notre gémellité nous a toujours embarrassés ou exaspérés. Pour ma part, je n'ai jamais pu admettre de partager les traits de mon visage avec un autre. Lui, je le crois aujourd'hui, m'a toujours détesté pour ce que j'étais et parce que j'existais.

Nous nous sommes perdus de vue il y a une vingtaine d'années, lorsqu'il a quitté la France pour venir vivre à Jérusalem. Avant son départ, nous avions eu de très vives discussions sur le sens et l'opportunité d'une pareille décision. Pourquoi cette passion subite pour Israël, cet air hautain et méprisant avec lequel il me traitait de « demi-juif » ? À la différence de mon jumeau, je n'ai jamais éprouvé le moindre sentiment d'appartenance envers une quelconque communauté. Par goût mais aussi par timidité, j'ai toujours préféré vivre à la lisière des choses et des gens. Lorsqu'on me demandait parfois de me définir, de dire qui j'étais, j'avais une réponse toute faite. J'expliquais avec sincérité que j'incarnais le contraire de mon frère.

Je suis né en 1950, je n'ai donc jamais eu à souffrir de m'appeler Klein. Je savais que, traduit dans ma langue, *klein* signifiait « petit ». Et cela me convenait parfaitement.

L'infirmière de jour s'appelle Norma, son homologue de la nuit, Anny, je crois. L'une m'injecte des doses de stimulants, l'autre me bourre de gélules tranquillisantes. Je vis ainsi au gré des cocktails psychiatriques, tel un baudet que l'on fouette et qu'aussitôt on réfrène. Cela ne va pas, évidemment, sans altérer quelque peu mon idéation. Mes pensées sont instables et souvent peu cohérentes. Je mélange beaucoup de choses, l'essentiel avec l'anecdotique.

À ce point de mon travail, je prends conscience des difficultés que je vais rencontrer pour conduire cette histoire et la mener à son terme. Mais je garde courage. Je veux parvenir à mes fins, même si aujourd'hui j'ai la conviction intime que je ne quitterai jamais Jérusalem.

Cette ville sinistre et poussiéreuse me hante. J'ai honte d'avoir un jour à mourir ici.

2

Au mois de mars dernier, un dimanche après-midi, à Montréal, je reçus un appel téléphonique d'un certain Arie Tsarian, médecin à la clinique Weisbuch de Jérusalem. Il s'exprimait dans un français très pur sans forcer la voix, en dépit de la mauvaise qualité de la communication. Il disait soigner mon frère Simon depuis six semaines pour un syndrome dépressif qui ne semblait céder à aucun traitement. Ayant appris mon existence, il me proposait de me rendre en Israël pour visiter mon jumeau. Sans rien ignorer de la nature conflictuelle de nos rapports, il espérait que quelque chose sortirait de cette rencontre.

– C'est votre frère qui nous a signalé votre existence. Il ne vous a pas directement réclamé, mais nous a donné suffisamment d'informations pour que nous n'ayons aucune peine à vous trouver.

Si, à l'époque, j'avais eu deux doigts de bon sens, j'aurais répondu que je n'avais pas de frère, que j'étais fils unique et que le monde était rempli de Paul Klein. Au lieu de cela, je balbutiai mon accord et promis de prendre le prochain avion.

Il m'arrive parfois de caresser entre mes doigts les clés qui ouvraient les portes et les serrures de mon ancienne vie. En égrenant ce maigre trousseau, je prends la mesure de tout ce que j'ai perdu. Je sais aussi que je ne ferai plus aucune prévision météorologique.

C'était mon métier. J'aimais ce travail, sa composante éphémère. Il ne me déplaisait pas d'être pris en défaut par la descente inopinée d'un front froid ou la divagation d'une bande nuageuse. Je connaissais mieux les aléas du ciel que la vie sur la terre. Lorsque j'avais un peu de temps libre, je rêvais sur les relevés cartographiques de l'Altiplano.

Je m'étais promis d'aller un jour en Bolivie étudier le régime des pluies. Me voilà désormais reclus aux portes du désert par 31° 47' de latitude nord et 35° 14' de longitude est. Météorologiquement parlant, Jérusalem est une ville sans le moindre intérêt. D'un point de vue professionnel, on ne peut pas tomber plus bas.

J'ai quarante-six ans. Mon père, Éthan, est mort en 1984 d'une hémorragie cérébrale. Édith, ma mère, lui a survécu six ans, jusqu'à ce que son cœur l'abandonne, un après-midi d'été. Ce jour-là, le hasard voulut que je passe la voir. Je l'ai trouvée assise dans son fauteuil, les yeux grands ouverts sur une revue qu'elle tenait serrée dans ses mains. Je me souviens d'avoir pris un siège et d'être resté assis près d'elle un long moment, sans éprouver réellement de tristesse, sentant seulement le vide m'envahir tandis qu'autour de moi, dans cette pièce où j'avais si longtemps vécu, ressurgissaient des images de ma jeunesse.

Simon revint d'Israël pour l'enterrement. Lorsqu'il arriva au cimetière, je ressentis ce malaise familier en apercevant son visage en tout point semblable au mien. Il embrassa ma femme, Anna, et me serra la main. Après la cérémonie, nous échangeâmes quelques mots, distants comme si jamais nous n'avions vécu ensemble dans le ventre d'Édith.

La froideur de ces retrouvailles me rappela le comportement glacial que Simon avait déjà adopté à mon égard le jour de mon mariage.

J'ai épousé Anna Baltimore le matin de mes vingt et un ans. C'était en février 1971 et il neigeait.

La veille de la cérémonie, alors que j'étais sur le point de m'endormir, mon frère ouvrit la porte de ma chambre et, sans en franchir le seuil, déclara : « Papa a honte que tu te lies avec des *goyim.* » Sa silhouette massive, pareille à une statue de bronze, se découpait dans la lumière du couloir. Il était demeuré ainsi un instant, immobile et silencieux, puis s'était retiré, me laissant seul dans le noir. Même si je savais mon père incapable de formuler une pareille opinion, l'intrusion perverse de Simon m'avait bouleversé et rempli de doutes.

Anna Baltimore était la fille d'un juge toulousain acariâtre prétendant à de lointaines ascendances britanniques. Élevée dans la religion protestante, elle ne fréquentait pas davantage les temples que moi les synagogues. Nous nous sommes mariés civilement sous le regard réprobateur du magistrat qui, jusqu'au dernier instant, tenta de nous convaincre de la nécessité d'une bénédiction religieuse, fût-elle administrée par un rabbin.

Anna était brune, mince, avec des yeux sombres et frais comme un caveau, des yeux au fond desquels on savait, d'emblée, pouvoir reposer en paix. Lorsque je l'aperçus pour la première fois, assise à la terrasse d'un café, je roulais en moto sur les boulevards. Sans réfléchir, je rebroussai chemin et garai ma BSA sur la contre-allée, à quelques mètres d'elle. Je ne me souviens plus combien de temps je suis resté là, à cheval sur ma machine, absorbé dans ma contemplation. Aujourd'hui encore, je serais capable de décrire les vêtements qu'elle portait cet après-midi-là, sa chevelure ramenée en arrière, sa queue de cheval qui reposait comme un croissant sur son épaule. Je fixais cette fille avec une sorte d'effroi, une peur panique de la perdre avant même de l'avoir rencontrée, de lui avoir parlé. Je la fixais à la façon d'un incurable qui s'accroche à la vie.

Elle, sans me voir, buvait un soda en souriant à son compagnon. Cela n'avait aucune importance. J'étais jeune, je croyais en mon étoile, même si j'éprouvais ce sentiment intimidant que ressent un alpiniste au pied de la paroi lorsqu'il mesure l'immensité de sa tâche, lorsqu'il n'a d'autre ressource que de posséder la montagne du regard.

Je revins les jours suivants à la même heure, au même endroit. Et elle était là. Toujours vers ces heures du soir où l'oisiveté s'empare du Sud. Je me tenais discrètement à l'écart, posé sur la selle de mon engin, priant pour qu'un jour elle vînt s'asseoir sur le tansad. En attendant, je me contentais de l'observer tandis qu'elle buvait et fumait des Craven A.

Par la suite, je m'enhardis et osai m'installer à une table du café. J'étais à quelques mètres de son corps. J'épiais le son de sa voix et grappillais quelques bribes de ses conversations. Je pouvais détailler le grain de sa peau, qui était aussi lisse qu'une peinture de voiture neuve. Anna fréquentait un groupe d'étudiants dont la mise et les manières reflétaient l'aisance de la bourgeoisie. Sa façon de s'exprimer, de s'habiller, me laissaient croire qu'elle aussi avait grandi dans ce milieu. Ce n'était pas mon cas.

Mon père tenait un petit magasin d'appareils de photo et réparait des téléviseurs dans l'arrière-boutique. Bien que dépourvu de la moindre qualification en la matière, il possédait des doigts inspirés, capables d'identifier les organes défaillants comme un chien flaire la trace. Je le revois encore tâter ces entrailles électroniques, palper les châssis basculants et annoncer au client, avec l'air du praticien contrit : « C'est la THT. » Ou bien : « Le tube est mort. » Ou encore : « Un problème de linéarité. » Dans ces moments, son visage devenait aussi grave que celui d'un cancérologue contraint de vous avouer le pire. Il était, je crois, sincèrement affecté de devoir annoncer de mauvaises nouvelles. Ainsi n'osait-il jamais chiffrer une réparation onéreuse, préférant laisser ce soin à ma mère. En revanche, il n'aimait rien tant que rétablir une image par un simple réglage et rendre l'appareil à son propriétaire sans lui facturer ses services. Il arborait alors le sourire du magicien qui, une fois encore, sous l'œil émerveillé du public, a fait sortir un lapin de son chapeau. Éthan était né pour redonner vie aux choses. Il aimait réparer tout ce qui lui tombait sous la main. Et il savait tout faire. En dépit de ses maigres connaissances en électronique, il était passé sans effort des postes à lampes en noir et blanc aux téléviseurs couleur transistorisés. Pour asseoir ses compétences, il avait, un jour, acheté un oscilloscope afin de tester scientifiquement la valeur des composants. Mais il n'utilisa jamais cet engin, préférant de beaucoup s'en remettre à la sagacité de ses doigts et opérer à la façon d'un guérisseur.

Lorsqu'il n'œuvrait pas dans son arrière-boutique, Éthan s'enfermait dans son petit laboratoire éclairé au sodium pour développer des films ou procéder à des agrandissements photographiques que lui avaient confiés ses clients, pendant qu'Édith vendait quelques pellicules et de médiocres 24 × 36 à visée décalée. Mon père n'avait jamais eu les moyens de posséder un stock digne de ses ambitions, et ne présentait dans ses vitrines que des caméras de modeste catégorie. Souffrant de cet état de fait, il répétait sans cesse à ma mère : « Il ne faut pas mentir aux clients sur la qualité de ce que nous leur proposons.

Il n'y a que quatre marques prestigieuses dans le monde : Rolleiflex, Hasselblad pour le 6 × 6,4 Leica et Nikon pour le petit format. Tout le reste, c'est du second rayon. »

Inutile de dire qu'aucun de ces boîtiers ne trôna jamais à la devanture du magasin. En revanche, mon père se faisait régulièrement envoyer les catalogues de ces firmes, qu'il étudiait pendant des jours avant de les serrer dans des chemises qu'il rangeait minutieusement dans son bureau. Éthan était un homme d'un caractère doux, qui entretenait des rapports aimables avec ses clients tout autant qu'avec ses fournisseurs. Je ne le vis se mettre en colère qu'une seule fois : le jour où un voyageur de commerce de la maison Polaroïd lui présenta ses appareils à développement instantané. Éthan détestait cette technique qui lui volait une part de son travail. Il le fit savoir à son visiteur, qu'il éconduisit prestement en le traitant d'affameur. C'était pour mon père un mot lourd de sens, et très inconvenant.

Tandis que je rôdais autour du cercle doré des intimes d'Anna, je songeais à la petite boutique de mon père, à son univers confiné qui sentait l'hyposulfite de sodium et la soudure à l'étain. C'est parmi ces odeurs rugueuses et tenaces que j'avais grandi. Elles avaient imprégné ma mémoire à jamais. Au moins saurais-je toujours d'où je venais. Je n'avais nullement honte du métier de mon père ni de ses revenus modestes. J'admirais l'ingéniosité et les mains d'orfèvre de cet homme qui ne prétendait pas savoir grand-chose, ne s'aventurait pas à expliquer la vie mais donnait aux siens le confortable sentiment de tenir le monde dans le creux de sa main.

J'avais la conviction qu'un jour je présenterais Anna à Éthan. Et lui, pour camoufler son embarras, dirait une phrase comme : « Vous êtes trop jolie pour vous intéresser à mon fils. »

En attendant, je continuais mon siège aussi assidu que discret. Ainsi avais-je eu tout le temps de remarquer que, chaque soir, Anna quittait la terrasse en compagnie d'un homme apparemment satisfait de lui-même. Ce garçon, qui devait être mon aîné de quatre ou cinq ans, semblait jouir d'une certaine popularité et se pavanait dans un petit cabriolet de sport Sunbeam, qu'il garait ostensiblement à la lisière des tables. Mes longues séances d'observation m'avaient permis de constater qu'Anna ne manifestait jamais à son égard le moindre geste de tendresse. Lui, en revanche, sitôt assis à son côté, posait son bras sur ses épaules. Ce geste mâle et machinal, dépourvu d'affection, n'avait d'autre but que de signifier à l'assistance : « Ceci est ma propriété, cette femme m'appartient en propre. »

Cette assurance arrogante, cette confiance démesurée en soi, me rappelaient le comportement et les attitudes de mon frère. Je n'en détestais que davantage ce rival suffisant au physique commun, au timbre de voix dissonant, qui ne cessait de parler de lui et des affaires qu'il prétendait avoir plaidées avec audace, l'après-midi même, au palais de justice. C'était en effet un de ces jeunes avocats prétentieux qui cumulait déjà tous les travers des petits maîtres du barreau. Devant un auditoire apparemment subjugué, il racontait en détail ses passes d'armes avec le procureur de la République, prenait des postures de dompteur, tandis qu'Anna, indifférente et absente, fumait ses Craven A.

3

Je n'ai jamais cru en grand-chose. Sauf aux miracles, ces petits coups de chance répétés et inespérés qui vous tirent du pétrin à l'instant critique, au moment où vous êtes prêt à abandonner tout espoir.

Je ne voyais aucun moyen de sortir de mon statut de sentinelle amoureuse et j'envisageais même de déserter mon poste lorsque le hasard me permit de franchir un grand pas et de parler à Anna. Une relation dont nous ignorions qu'elle fût commune eut, un soir, la bonne idée de venir s'asseoir à la terrasse en compagnie d'Anna et de m'inviter à partager leur table. Je tendis la main à Anna qui la prit comme on enfile un gant.

Je ne me souviens plus très bien de ce qu'il advint ensuite. Je vis sa bouche, sa langue danser entre ses dents, je l'entendis s'adresser à moi, me parler, et alors, seulement, je sus qu'elle me voyait, que j'existais. Lorsque l'avocat peu subtil vint la chercher, c'est sans la moindre tristesse que je les regardai s'éloigner dans la Sunbeam. Je n'étais plus seul.

Le lendemain, et tous les jours d'après, je revins m'asseoir près d'Anna et constatai avec bonheur que ma compagnie ne l'importunait pas. J'ai oublié quel était le sujet de nos conversations d'alors. Je me souviens seulement que nous aimions parler ensemble, que nous nous sentions bien, en confiance. Une année durant, ponctuels à nos rendez-vous tacites, nous ne nous quittâmes pour ainsi dire plus. Nous marchions des heures entières dans le centre de Toulouse. Nous savions tout l'un de l'autre, et, sans jamais avoir partagé le même lit, nous étions déjà mari et femme.

L'avocat ne semblait nullement en prendre ombrage. Sans doute n'étais-je à ses yeux que quantité négligeable. Je n'avais ni métier, ni amie attitrée, et pas davantage de Sunbeam. Parfois, dans son regard, je surprenais quelque chose de trouble, qui ressemblait à du mépris. À la demande d'Anna, il me proposait de me déposer devant chez moi. Nous montions alors à trois dans son cabriolet. C'était un moment délicieux. Je sentais contre moi les jambes et les fesses d'Anna, il conduisait en pérorant, je bandais cheveux au vent.

Qu'est-ce qu'une fille pareille, née par surcroît d'un juge, pouvait trouver à ce petit maître ? Lorsque nous nous retrouvions tous les deux, elle ne parlait jamais de lui, si bien que l'apparition quotidienne de l'avocat ressemblait de plus en plus à une intrusion.

Je ne sais combien de temps cette situation aurait pu durer si la chance, encore une fois, n'était venue à mon secours. L'après-midi de printemps touchait à sa fin lorsque, à son heure habituelle, l'avocat stoppa sa voiture devant la terrasse. Il avait l'air renfrogné d'un plaideur confondu. Sans descendre du véhicule, il fit claquer ses doigts avec impatience, intimant ainsi à Anna l'ordre de le rejoindre. La vulgarité de ce geste me déplut. Anna regarda l'avocat et demeura assise. Bondissant de la voiture, il se rua vers elle en gesticulant.

– Tu ne m'as pas vu te faire signe ?

– Je t'ai vu claquer des doigts.

– Écoute, ne me fais pas chier. Ce n'est pas le jour.

Anna tira une cigarette de son paquet et l'alluma. La fumée de sa première bouffée stagna un instant dans l'air, puis monta droit vers le ciel.

– Qu'est-ce que tu fous ? Tu ne vois pas que je suis pressé ?

– Je reste là.

– Écoute-moi bien. Je me suis fait étendre par ton père cet après-midi dans un procès capital pour moi. Alors, ce soir, je n'ai pas envie de me faire emmerder par sa fille.

Il haussait le ton, s'exprimait avec grossièreté. Comme s'il était seul au monde.

– Les Baltimore, vous commencez à m'emmerder. Tu vas monter dans cette putain de voiture, tu entends ?

Il prit le bras d'Anna dans l'intention de la contraindre. Je me levai et la libérai fermement de son emprise.

– Toi, le youpin, ne te mêle pas de ça.

Il venait, sans le savoir, de prononcer le mot de trop. Le mot qui m'offrait la main de ma femme. Je fermai les yeux, inspirai profondément à la manière d'un plongeur qui se prépare à une longue apnée et projetai ma tête au creux de son estomac. Il me sembla m'enfouir dans le corps d'un matelas encore tiède.

Sous la violence de l'impact, l'avocat recula de trois bons mètres avant de rouler parmi les tables. Je n'entendis rien de ce vacarme. Ma tête semblait prisonnière d'un casque de silence. Je ne voyais rien d'autre que le visage incrédule d'un homme qui venait de sauter sur une mine. Durant des instants qui me parurent délicieux, je rouai l'avocat de coups. Tout était infiniment simple, naturel. Les directs que je lui portais à la face s'enchaînaient harmonieusement et mes poings trouvaient toujours la bonne distance. Lui, au contraire, semblait comme électrocuté par chaque impact. Sa gorge émettait parfois de petits cris de souris.

L'avocat prit la fuite et sauta dans sa voiture. Tandis qu'il essayait de démarrer, je l'entendais me traiter de « sale juif de merde », me menacer de mille poursuites. Lorsqu'il parvint à enclencher la première, j'aperçus son visage tuméfié.

Il s'éloigna dans un nuage rageur de fumée bleutée. Ma fureur disparut aussi spontanément qu'elle avait surgi. Je songeai alors que le moteur de sa Sunbeam allait bientôt le lâcher.

Tandis que je reprenais mon souffle et passais les mains sur mon visage pour éponger ma transpiration, je sentis que l'on me ceinturait avec douceur. C'était Anna qui glissait ses bras autour de ma taille.

Le jour se lève sur Jérusalem. L'infirmière du service vient d'installer ma perfusion. Elle a refusé d'accélérer le débit de mon goutte-à-goutte. Je suis donc immobilisé pour quarante minutes. Suspendu en haut de la perche, le flacon ressemble à de l'eau bénite, de l'eau sanctifiée par mon psychiatre. Avec loyauté, j'accepte de subir ce traitement qui semble à peine m'effleurer et glisser sans prise sur mon organisme.

Je n'ose pas relire tout ce que je viens d'écrire. J'ai peur de ne découvrir dans mes propos que le reflet de ma confusion mentale. Je dois cependant poursuivre. À tâtons s'il le faut. Personne ne peut m'aider à me diriger dans le labyrinthe de mes pensées.

Hier, au cours de la promenade, un autre patient, qui a pour habitude de me faire partager sa détresse et ses angoisses, m'a abordé pour me soumettre à un feu roulant de questions concernant sa cure, sa vie et son avenir. Avant même qu'il eût eu le temps d'égrener sa litanie, je lui ai dit ceci : « Excuse-moi mais je ne t'écoute plus. Je ne parviens plus à m'intéresser à tes problèmes. Peut-être ai-je changé, mais je n'éprouve plus de compassion. N'essaie pas de m'expliquer quoi que ce soit, je déteste les gens qui expliquent et tout autant ceux qui comprennent les malheurs des autres en prétendant les partager. Je n'ai aucun conseil à te donner, je ne donne jamais de conseils, je ne sais rien de rien. Je tente seulement de m'arranger avec le désordre qu'il y a dans ma tête. Tant que ma vie sera ce qu'elle est, n'espère, n'attends rien de moi. »

J'ai éprouvé un certain bonheur à dire des choses aussi vraies, aussi crues, aussi sèches. Car en les énonçant je savais être au plus près de moi-même.

Mon voisin, un instant interloqué, choisit tout de même de s'asseoir sur le banc, à mes côtés. Puis, le regard vide, il murmura sans la moindre agressivité : « Tu es une vraie merde. »

4

Six mois après avoir boxé le jeune avocat, je comparus devant le juge Baltimore. Comparaître n'est pas un mot trop fort pour décrire le climat de ma première rencontre avec mon futur beau-père. Cette entrevue, qui n'avait bien entendu rien à voir avec mes exploits pugilistiques, avait été négociée par Anna qui jugeait le temps venu de me présenter à sa famille, puisque nous avions décidé de nous marier.

Le magistrat me reçut donc dans le salon en rotonde de son vaste appartement, qui donnait sur les arbres majestueux du Jardin royal. Dans cette pièce tout m'intimidait. L'homme, bien sûr, mais aussi les volumes, le mobilier, les tentures tout autant que les tapis. J'éprouvais le sentiment confus que tous ces objets me regardaient d'un sale œil, qu'ils se méfiaient de moi.

– Voilà donc l'ami de ma fille.

Il me sembla que le juge prononçait cette formule d'un

ton résigné, presque désabusé, et que sa bonne éducation l'empêchait d'ajouter : « Et vous n'êtes que cela. »

– Quelles sont vos intentions, jeune homme ?

Nous étions en 1971, et je n'avais pas imaginé un seul instant que l'un de mes contemporains, fût-il d'ascendance britannique et président de chambre, pût un jour me poser une telle question. Spontanément, des phrases d'une sincérité absolue me vinrent en bouche. Mais je me gardais bien d'en énoncer une seule, tant elles étaient aux antipodes de l'univers dans lequel évoluait mon futur beau-père. Je me fis donc violence pour ne pas répondre : « Mon intention, voyez-vous, c'est de baiser Anna chaque jour, de la baiser de toutes les manières possibles, avec tout mon être, en prenant le temps, calmement, ainsi que les circoncis savent le faire. »

– D'après ce que m'a confié ma fille, il semble que monsieur votre père répare des téléviseurs.

Sans doute Éthan aurait-il été flatté d'entendre qu'un magistrat lui donnait ainsi du monsieur. Aurait-il perçu comme moi la moue mi-navrée, mi-condescendante qui pouvait se deviner sur les lèvres du juge au moment où il évoquait les activités de mon père ? À l'évidence, Édouard aurait souhaité un meilleur parti pour sa cadette.

– Votre famille, m'a dit Anna, est d'origine israélite. J'ai personnellement aidé un juif pendant la guerre. Un homme remarquable, un grand physicien.

Je ressentis cette confidence comme un nouvel affront. Dans l'esprit de mon beau-père, il y avait à l'évidence deux sortes de juifs : les scientifiques éminents qui méritaient attention et charité, et les charretiers de la THT dont il fallait bien s'accommoder. À l'époque, tout autant qu'aujourd'hui, je n'ai jamais eu le sentiment d'appartenir à une communauté. Mais il suffit que je décèle la moindre parcelle de racisme dans les propos de l'un de mes interlocuteurs pour que je me transforme aussitôt en cerbère de la judaïté.

Plus tard, une fréquentation plus assidue de ma belle-famille devait me révéler que mon premier jugement avait été le bon. Les Baltimore n'étaient pas véritablement antisémites, mais, pour autant, ne se cachaient pas de leur défiance vis-à-vis de tout ce qui n'était pas blanc, occidental et chrétien.

– Il y a quelque temps, on m'a rapporté que vous aviez été mêlé à un pugilat vous opposant à l'ancienne fréquentation de ma fille. Je ne vous blâmerai pas d'avoir corrigé ce petit monsieur dont les interminables et prétentieuses plaidoiries m'assomment régulièrement, mais j'aimerais savoir si vous êtes coutumier de pareilles violences.

– C'était la première fois de ma vie que je frappais quelqu'un. Je n'ai pas l'habitude de m'emporter.

– D'après ce qu'on murmure au palais, vous n'y êtes pas allé de main morte. Puisque vous n'envisagez pas d'entreprendre une carrière de boxeur, ce qui est plutôt rassurant, pouvez-vous, jeune homme, me dire à quel métier vous vous destinez ?

– Je voudrais être météorologue.

Édouard Baltimore éclata d'un rire insolent et sonore.

Il s'esclaffait comme un nanti, comme un homme de pouvoir qui a tous les droits puisqu'il dit la loi. Sa réaction me gifla.

– Vous voulez donc être l'un de ces charlatans hirsutes et barbus qui croient faire la pluie et le beau temps ?

Il hoquetait. Des larmes d'une moquerie acide lui montaient aux yeux. Après avoir lissé ses paupières avec son index, il se ressaisit aussi brutalement qu'il avait explosé.

– Vous n'y pensez pas sérieusement.

À vrai dire, j'y avais toujours pensé. Depuis ma prime jeunesse. Depuis que j'étais en âge d'écouter les bulletins à la radio et, plus tard, de détailler les cartes du temps à la télévision. Je voulais tout comprendre de la naissance et de la mort des vents, tout savoir de la migration des nuages, tout apprendre de la course des neiges, de la force des orages, de la formation des ouragans et des tornades. Rien ne me paraissait plus essentiel. Cette activité résumait l'idée que je me faisais de l'existence en général : essayer d'observer ce qui, tous les jours, nous tombait sur la tête. Tenter d'en comprendre les raisons, essayer d'en tirer quelques leçons pour l'avenir, et, accessoirement, apprendre à s'habiller en conséquence.

En outre, la météorologie m'enseignait une sorte de sagesse relative à la vanité. Réfléchir au temps qu'il faisait tout autant qu'à celui qui passait m'apprenait confusément que les choses n'avaient que bien peu d'importance, qu'une situation n'était jamais acquise, qu'un seul et maigre fil me maintenait en vie et que, lorsqu'il se romprait, tout continuerait comme si de rien n'était. Oui, c'est en m'intéressant à la pérennité des climats que je pris réellement conscience que ma mort ne concernait que moi.

– Ne m'en veuillez pas de vous dire cela un peu crûment, jeune homme, poursuivit le juge, mais votre goût pour un pareil travail révèle un manque d'ambition certain. Vous n'avez donc pas d'autre but plus exaltant ?

– Si. Vivre le plus longtemps possible.

Édouard me fixa, effleura du bout des doigts son front dégarni, marqua une longue pause et dit :

– Il y a quelque chose de préoccupant dans votre réponse. Trop d'angoisse, trop de crainte. À votre âge, vous devriez avoir davantage confiance en vous, et surtout viser d'autres prétentions. Enfin, vous êtes le choix d'Anna, pas le mien. Je crois désormais en savoir assez sur vous. Je pense que vous avez été franc dans vos réponses. Je le serai donc tout autant dans mes conclusions. Je dirai que vous ne correspondez pas tout à fait à l'idée que je me faisais de mon futur gendre. Voilà. Pour le reste, je veux dire pour ce qui concerne les préparatifs, les invitations et la date de votre mariage, voyez Léa, ma femme.

Édouard Baltimore me reconduisit à la porte du salon et me laissa ensuite le soin de retrouver, seul, le chemin de la sortie. Je l'entendis grogner dans mon dos : « C'est au bout du couloir. » Presque aussitôt retentit le bruit du pêne qui se refermait derrière moi.

Après m'avoir brièvement entendu et à l'issue d'un court délibéré, le président Baltimore m'avait jugé coupable d'insignifiance. Il m'infligea une peine proportionnelle à ma faute et se contenta d'ignorer mon existence jusqu'à sa mort.

5

Après les perfusions, mon bras droit est toujours enflé. Ma peau est si tendue que l'on dirait celle d'un poisson mort. Depuis quelques jours, je souffre des dents. La douleur se réveille au froid, lorsque je bois. On vient de m'apporter deux gélules et un verre d'eau fraîche. Je vais laisser stagner le liquide un instant au contact de ma molaire. Quand l'élancement s'avérera insupportable, alors, et alors seulement, j'avalerai.

La lumière de Jérusalem est sinistre. Elle n'éclaire bien que les visages des martyrs. J'ai passé l'âge de ce genre d'excentricités. Toulouse était une ville aux lueurs apaisantes, chaudes, dorées. Montréal, une cité bleutée, fraîche comme une ombre en été. Ici, tout est gris, passé, délavé. J'ai parfois le sentiment de vivre dans la bonde d'un évier. Dans un peu plus de deux heures, en fin de matinée, j'ai rendez-vous avec mon psychiatre. Arie Tsarian, celui-là même qui traitait mon frère Simon. Je suis à peu près certain que, eu égard à notre ressemblance, certaines infirmières ne se sont même pas aperçues que j'avais pris la place de Simon.

Il ne faut pas que je me laisse ainsi distraire par des pensées parasites. Je dois poursuivre cette histoire et descendre à nouveau dans le puits de ma mémoire.

Deux mois après mon entrevue avec Édouard, mes parents, mon frère et moi-même fûmes reçus chez les Baltimore pour un dîner qui était censé célébrer mes fiançailles avec Anna. Éthan avait mis son costume sombre, Édith était allée chez le coiffeur et portait un tailleur qui la rajeunissait. Quant à mon frère, il estimait n'avoir à faire aucun effort vestimentaire pour l'occasion. « Ce n'est qu'un repas chez des *goyim* », m'avait-il lancé. *Goy.* Il employait ce mot du matin au soir. Je ne supportais pas cette forme de racisme. Dit par Simon, ce terme me paraissait aussi injurieux que « youpin ».

Pour se rendre de son magasin à l'appartement du Jardin royal, mon père avait pris la camionnette 2 CV qu'il utilisait chaque jour pour livrer ses téléviseurs, et c'est sans la moindre malice qu'il avait rangé son véhicule au pied de la demeure du juge. Ma mère avait apporté des fleurs et un strudel qu'elle avait préparé elle-même.

Le juge servit l'apéritif au salon, s'installa dans son fauteuil et garda le silence. L'atmosphère était tendue, presque inamicale. Léa, sa femme, s'en tenait à quelques phrases de politesse.

– Vos fils se ressemblent tellement que je serais bien incapable de les différencier, dit-elle.

Cette remarque eut pour effet de faire sortir le juge de sa torpeur. Il se tourna vers Simon et lui demanda :

– Vous êtes mon futur gendre ?

L'autre répondit sèchement que non. Édouard s'enfonça alors plus profondément dans son siège et ajouta avec un sourire énigmatique :

– J'en étais sûr.

Lorsque la domestique apporta le premier plat, je vis le visage d'Éthan se figer. Je savais ce que mon père ressentait à cet instant-là. En voyant cette personne âgée nous servir, il venait de prendre conscience du gouffre qui le séparait de son hôte. Il songeait à sa propre mère qui, il y a bien longtemps, elle aussi, avait été employée comme bonne dans une maison bourgeoise.

Pour ma part, je trouvai le climat très malsain et je m'en voulus d'avoir mis mes parents dans une situation aussi embarrassante. Anna tentait de sauver ce qui pouvait encore l'être et se montrait très attentive envers ma mère. Mais sa sollicitude même devenait gênante.

– Vous réparez donc des téléviseurs, dit Édouard. Ce doit être un métier plutôt délicat.

– Certainement moins difficile que de juger des gens, répondit Éthan.

Mon père était incapable de perfidie. En faisant cette observation, il voulait simplement signifier qu'il était moralement plus aisé d'incriminer quelques transistors que de condamner un homme. Mais le juge prit la remarque d'Éthan en mauvaise part.

– Ne croyez pas cela, monsieur Klein. Notre tâche est

plutôt aisée si nous avons la sagesse de nous appuyer sur la loi. C'est elle qui nous dit ce qui est juste et ce qui ne l'est pas.

– Moi aussi, j'ai des schémas. Mais je ne m'en sers que très rarement. Les pannes ont beaucoup plus d'imagination que les constructeurs.

– Voulez-vous dire par là que les juges devraient interpréter les textes plutôt que de s'en tenir à leur stricte application ? Et que faites-vous du travail du législateur ?

Mon père ne souhaitait pas engager un débat sur le droit, auquel il n'entendait rien. Il parlait seulement de ce dont sa vie était faite, de ses journées passées dans les entrailles des châssis. Il ne prétendait à rien d'autre. Et surtout pas à réformer le Code pénal.

– Monsieur Klein, sans mépriser le moins du monde votre activité, je vous demanderai de convenir qu'une société peut plus facilement se passer de télévision que de justice.

Mon père acquiesça en offrant un doux sourire à son prédateur. Puis, aussitôt, il ajouta :

– Vous n'avez jamais de doutes quand vous envoyez quelqu'un en prison ?

– Pas le moindre.

– Vous avez de la chance. Pour ma part, j'ai toujours peur de passer à côté du problème. De faire fausse route. Parfois, je n'en dors pas.

– J'ai un sommeil de bébé, monsieur Klein. Et savez-vous pourquoi ? Parce qu'à l'université, mon maître, conscient par ailleurs qu'une erreur était toujours possible, m'a inculqué un principe simple : dans les cas litigieux, mieux vaut incarcérer un innocent que de remettre un coupable en liberté.

Pour préserver mon futur bonheur, Éthan se tut. Il porta simplement son regard vers moi. Dans ses yeux je lus qu'il avait honte d'être assis à la table d'un homme capable de mastiquer tranquillement du homard en énonçant un pareil précepte.

Pour faire diversion, Léa réitéra sa question liminaire et demanda à ma mère s'il ne lui arrivait pas de nous confondre, Simon et moi. Avant même qu'elle eût pu répondre, mon frère lança :

– Impossible de ne pas nous différencier : je suis juif, alors que Paul ne l'est qu'à moitié.

L'insolence de la remarque fit exploser mon beau-père de rire. Il trouva l'observation très amusante, et, à la façon dont il s'adressa par la suite à Simon, je compris qu'il préférait de beaucoup le caractère agressif de mon jumeau à mon attitude plus réservée, et qu'à choisir entre deux juifs, il préférait le pire.

Lorsque nous avions terminé un plat, ma belle-mère glissait sa main sous la table où se trouvait un bouton poussoir aboutissant à une sonnette, dans l'office. Bien que la cuisine fût à bonne distance de la salle à manger, j'entendais le grelot résonner dans le lointain. Quelques secondes après l'appel, la vieille servante entrait dans la pièce pour desservir ou apporter la suite du repas. À chacune de ses apparitions, le regard de mon père se voilait d'une sorte de brume de tendresse.

Simon, lui, imperméable à ce genre d'émotion, semblait avoir trouvé un terrain d'entente avec le juge. Ils s'entretenaient de pêche, et plus particulièrement de pêche au lancer. Ainsi que mon frère en avait l'habitude, Édouard allait régulièrement en Ariège prélever son quota de truites dans de tumultueux torrents de montagne.

– Vous pratiquez le *catch and release*, comme disent les Anglo-Saxons ? demanda le juge.

– Absolument pas. Tout ce qui est pris est pris. Je mange tout ce que je pêche.

– C'est exactement comme cela que je l'entends. Je n'aime pas ces coquetteries d'esthètes. Un poisson ferré est un poisson mort.

Édouard se leva et quitta la pièce un court instant. Quand il revint, il tenait dans les mains une boîte remplie de mouches de toutes formes et des couleurs les plus bigarrées.

– Regardez-moi ça. Je les fabrique moi-même. Qu'en dites-vous, jeune homme ?

– Elles sont superbes. Je n'en ai jamais vu de pareilles.

– Quand je les confectionne, j'essaie de penser comme une truite, d'imaginer les goûts et les envies de la truite. Il faut toujours se mettre à la place du poisson. Choisissez-en une.

– Vraiment ?

– Allez-y. Ça me fait plaisir. Et puis vous ressemblez tellement à votre frère que je peux vous considérer comme mon gendre.

Le juge rit aux éclats de sa propre plaisanterie qui n'amusa que Simon. Léa appuya sur la sonnette et la bonne, presque instantanément, apporta le dessert. C'était un de ces gâteaux prétentieux préparés par un traiteur à la mode, plus attaché à la composition abstraite qu'à la saveur pâtissière. La douceur glissait sur la langue comme un vieux morceau de savon aromatisé aux fruits rouges. Je surpris alors le regard interrogateur que mon père lança à ma mère. Il semblait vouloir lui demander d'intervenir. Gênée, Édith baissa les yeux et détacha une infime part du gâteau qui se délitait dans son assiette. Je compris soudain ce qui se passait. Éthan, qui vouait un culte aux strudels de ma mère, venait de réaliser que la pâtisserie familiale avait été jugée indigne de figurer sur la table du président Baltimore, et qu'on lui avait préféré cette émulsion gouachée et insipide.

Je savais mon père doté d'une nature affable et conciliante, d'un caractère perméable aux compromis. Sauf en matière de strudel. Mis en présence de ce gâteau, il devenait un autre homme, un vrai sauvage, ne connaissant plus personne, reniant toute forme de civilisation, capable des pires vilenies. Je l'avais déjà vu me retirer ma part de la bouche, voler celle de mon frère, finir l'assiette de ma mère pendant qu'elle avait le dos tourné. En deçà du strudel, Éthan était un gentilhomme. Au-delà, il se comportait comme un affameur.

Aussi, je n'éprouvai aucune surprise lorsque, après s'être discrètement raclé la gorge, il s'adressa à Léa de sa petite voix :

– Nous vous avions apporté un strudel.

– Pardon ?

– Ce gâteau emballé dans de l'aluminium que nous vous avons remis en arrivant tout à l'heure, vous vous souvenez ? Eh bien ! j'aimerais en avoir un morceau.

Léa pinça les lèvres qu'elle avait déjà fort fines et sa bouche ressembla à une lame de rasoir. Elle glissa la main sous la nappe. L'employée de maison apparut, et elle lui murmura quelque chose à l'oreille. Quelques minutes plus tard, la pâtisserie préférée d'Éthan Klein arrivait sur la table, servie sur un plat en argent.

Armé de son couteau, mon père se rua vers le dessert. Arrivé à hauteur de ma belle-mère, et sans doute traversé par une lueur de savoir-vivre, il dit à Léa :

– Je vous en coupe une part ?

Mais avant même qu'elle eût pu proférer la moindre réponse, il planta la lame dans la croûte comme si de son geste dépendait notre vie à tous. Édouard remarqua le manège et, avec une pointe d'ironie, lança à mon père :

– Vous poignardez la pâte comme un professionnel, monsieur Klein. Si d'aventure un jour vous comparaissiez devant la cour, je saurais par avance quel est le mobile du crime : un strudel.

La bouche pleine, avec un sourire encombré et gêné, Éthan bafouilla :

– Je suis très gourmand.

Après le café, Édith et Léa s'isolèrent un instant pour régler sommairement les détails financiers de notre mariage. Anna semblait attristée par le déroulement d'une soirée qu'elle avait rêvée plus chaleureuse. Lorsque nos mères réapparurent, elles avaient l'une et l'autre des mines renfrognées. Je compris que la négociation avait dû être âpre et que les économies des Klein allaient avoir à souffrir du train de vie dispendieux des Baltimore. Par délicatesse, Édith ne fit jamais allusion à cette entrevue devant moi.

Lorsque nous quittâmes le domicile de mes beaux-parents, ceux-ci insistèrent pour nous raccompagner au seuil de la porte de leur immeuble. Pendant que Simon et Édouard se fixaient un prochain rendez-vous sur les berges d'un torrent, Éthan déverrouilla la porte de sa camionnette et s'installa à bord. Ensuite, hébétés, les Baltimore nous regardèrent nous entasser dans la fourgonnette, pareils à des voleurs de poules, et nous éloigner dans le balancement caractéristique des suspensions oléopneumatiques.

6

Arie Tsarian est un homme de petite taille, qui ne cesse de ronger ses ongles. J'ai remarqué que le bout de ses doigts ressemblait à des moignons. Lors de nos entretiens, il ne cesse de plier et de replier la même feuille de papier sur laquelle il inscrit quelques notes relatives à la pathologie de ses patients. J'ignore la nature du diagnostic qu'il a posé sur mon cas. Maniaco-dépressif, j'imagine. Ou quelque chose dans ce genre.

– Dans quel état d'esprit vous trouvez-vous ce matin, monsieur Klein ?

– Celui d'un homme qui est en train de refaire l'itinéraire de sa vie.

– Vous voulez dire que vous flânez dans votre passé du pas du promeneur ou bien que vous examinez toutes ces années d'un point de vue analytique et critique ?

– Ni l'un ni l'autre. Disons que j'arpente à la façon du géomètre, que je mesure le chemin parcouru.

– Avez-vous uriné normalement ces derniers jours ?

– Je crois que oui.

– Si je vous le demande, c'est que j'ai fait ajouter dans votre perfusion une drogue qui, par ses effets secondaires, peut rendre la miction difficile. Éprouvez-vous, par instants, des pulsions sexuelles ou notez-vous des érections spontanées, au réveil par exemple ?

– Non, jamais.

– Nous avons encore reçu tout à l'heure un nouvel appel du Canada, que selon vos directives, nous ne vous avons pas transmis. Refusez-vous toujours de rentrer en contact avec cette personne ?

– Je n'ai pas les moyens d'un autre choix.

– Que voulez-vous dire ?

– Je ne souhaite pas parler de ce sujet. Ni prolonger notre entrevue. Je désirerais regagner ma chambre.

– Faites à votre guise. Israël survivra à vos caprices.

– Pourquoi me parlez-vous d'Israël ?

– Parce que vous y êtes, monsieur Klein. Parce que vous vous trouvez au cœur de ce pays et que l'on essaie de vous y soigner, malgré vous.

Tsarian parfois m'intrigue. Pour un psychiatre, je le trouve très susceptible. Peu importe. Ces face-à-face sont devenus pour moi un rituel de plus en plus pénible. Ils n'avancent à rien et me font perdre un temps précieux. Surtout en regard du travail qui m'attend.

Je me suis marié au début de l'année 1971. J'avais vingt et un ans, ce qui est bien peu de chose. Anna en avait vingt-trois, ce qui n'est guère plus. Je ne dirai pas que nous étions des enfants, car nous savions réellement ce que nous voulions. Mais nous ne mesurions pas le nombre des embûches et des drames qui nous attendaient.

Notre mariage fut d'abord bâclé par un adjoint au maire débordé, puis contaminé par la nourriture d'un traiteur qui nous servit des aliments avariés. À la fin du repas, la plupart des invités, déjà malades, se pressaient vers les toilettes.

Ce jour-là, je vis vomir mon père pour la seule et unique fois de ma vie. Il avait bien tenté comme les autres d'user des commodités, mais compte tenu de l'affluence, il avait préféré battre en retraite et s'isoler dans un coin du parc de la propriété de campagne de mes beaux-parents. C'est ainsi que je l'avais trouvé, à quatre pattes, au pied d'un cèdre centenaire, tête basse, en train de geindre et de supplier le ciel de lui épargner pareil supplice.

Entre deux spasmes intestinaux, Édouard poursuivait le restaurateur dans toute la maison, promettant de lui faire rendre gorge au tribunal, tandis que Léa, prise d'une dysenterie foudroyante, s'était enfermée au premier étage, dans sa salle de bains privée. Oui, de ce jour-là je ne garde le souvenir que d'une odeur de bile et de diarrhée, qui, au soir de la fête, flottait comme de la brume dans tous les couloirs de la maison.

Pour ma part, rescapé de l'hécatombe, je passai ma nuit de noces aux côtés d'Anna. Elle endurait une forte fièvre tandis que je lui épongeais le front, essayant par la seule force de mon amour d'enrayer les nausées qui l'accablaient.

Dans le noir, j'entendais encore les propos que mon frère m'avait tenus la veille au soir : « Papa a honte que tu te lies avec des *goyim.* » Et je n'aurais pas été autrement surpris si, à cet instant, il avait à nouveau surgi pour ajouter : « C'est Dieu qui nous a punis. »

À cette époque, Édouard, qui s'était entiché de mon frère, l'invitait une ou deux fois par mois à partager ses safaris halieutiques. Simon, dont l'attitude ne cessait de me surprendre, était devenu un familier de l'appartement du Jardin royal alors que je n'y mettais jamais les pieds. J'étais sans doute trop occupé à mon nouveau bonheur et à préparer le concours d'entrée à la Météorologie nationale. Je n'éprouvais pas non plus le besoin d'affronter le mépris de mon beau-père qui utilisait toujours la même formule lorsqu'il s'adressait à moi : « Vous êtes l'autre, celui qui ne pêche pas. »

L'autre : celui qui n'avait pas besoin de leurres pour être un grand pécheur, celui qui se vautrait dans les vices de la conjugalité, celui qui baisait Anna dans les couloirs sans même prendre le temps de la dévêtir, celui qu'elle caressait sous les tables de restaurant et qui fermait les yeux pour ne pas voir filer ces moments de bonheur.

Une année après notre mariage, quelques mois donc avant la naissance de notre premier enfant, vers vingt heures, je reçus un appel téléphonique de mon père. Sa voix était grave, solennelle.

– Je ne sais pas comment te dire tout ça. C'est très embarrassant pour Anna, que nous aimons beaucoup. Mais voilà, après ce qui s'est passé aujourd'hui, ta mère et moi avons décidé de rompre toute relation avec M. et Mme Baltimore. J'imagine que tout cela va compliquer ta vie, mais il faut que tu nous comprennes.

Vers dix heures du matin, Éthan avait reçu un coup de fil de Léa lui demandant, de manière tout aussi aimable que pressante, de venir réparer leur téléviseur privé d'image. Elle disait que le juge tenait absolument à suivre, en compagnie de ses amis, une importante retransmission sportive le soir même. Il fallait que mon père réalisât un miracle. C'était impératif. En début d'après-midi, délaissant son atelier, modifiant son emploi du temps, Éthan s'était rendu en camionnette au domicile des Baltimore.

– Lorsque j'ai sonné à la porte, c'est la bonne qui m'a ouvert. Elle m'a dit : « Vous êtes le dépanneur ? Vous venez pour le poste ? Madame m'a demandé de vous faire attendre un instant à l'office. Elle va venir vous voir. » Paul, tu m'écoutes ?

– Bien sûr, papa, je suis là.

– Anna est près de toi ?

– Non, elle vient juste de sortir.

– Je ne voudrais pas que cette histoire lui fît de la peine. Enfin, bon ! je patiente à la cuisine et au bout d'un moment je vois entrer ta belle-mère qui, d'un ton contrarié, me dit : « Je vous attendais plus tôt. Là, vous tombez assez mal. Je suis en train de prendre le café au salon avec quelques amies. » Tu te rends compte ? Je quitte le magasin, j'abandonne mon travail, je laisse ta mère se débrouiller seule avec les clients et le téléphone, et je m'entends dire que je tombe mal ! Je suis resté hébété, sans voix. Ensuite elle m'a conduit jusqu'au téléviseur. Nous sommes passés devant ses amies auxquelles elle ne m'a même pas présenté. Elle a dit : « Voilà. J'espère que vous solutionnerez rapidement le problème. » Tu imagines ça ? Et tu sais ce qui s'est passé ? Pendant que je cherchais la panne, ces femmes, qui étaient assises à quelques mètres de moi, se sont mises à chuchoter pour que je n'entende pas leur conversation. Mais il y a pire. Tu m'écoutes Paul ?

– Bien sûr, papa.

– Figure-toi que lorsque j'ai eu trouvé la panne, un condensateur, et rétabli l'image, ta belle-mère s'est retournée vers moi et a dit : « Voilà qui est bien. C'est Édouard qui va être content. » Puis, me tournant le dos, elle a ajouté : « Faites-vous servir un café à la cuisine, monsieur Klein, et n'oubliez pas surtout de nous envoyer la facture. » Tu sais ce que j'ai répondu ? « Je ne bois jamais de café. » Voilà ce qu'a répondu ton père. J'ai ramassé mes affaires et je suis sorti de la pièce sans ajouter autre chose. Tandis que je refermais la porte derrière moi, j'entendis ta belle-mère et ses amis reprendre leur bavardage à haute voix. Jamais on ne m'avait humilié ainsi. Jamais. Inutile de te dire que je préférerais mourir ou fermer la boutique plutôt que de faire payer un sou à ces gens. Je ne veux plus entendre parler d'eux. Tu crois qu'Anna pourra comprendre ça ?

– J'en suis certain.

– Simon, à qui j'ai déjà raconté ma mésaventure, m'a dit que j'étais trop susceptible, que je me faisais des idées et qu'Édouard était un homme adorable. Tu penses la même chose ?

– Pas du tout. J'aurais réagi exactement comme toi.

– Je me demande parfois si ton frère est vraiment mon fils.

Il l'était. À sa façon. Sauvage, brutale, incohérente. Vilipendant les *goyim* et partageant leur pêche.

Anna, à qui je racontais toute cette histoire, prit très mal la chose et le soir même eut, au téléphone, une vive discussion avec sa mère. Quand elle eut raccroché, elle vint me rejoindre sur le canapé, dégrafa ma braguette, prit ma queue entre ses doigts et la glissa doucement dans sa bouche. J'aurais aimé que les Baltimore voient cela, qu'à cet instant précis ils entrent dans la pièce.

Quelques mois plus tard naquit notre fils Quentin. Anna, qui était déjà employée en tant qu'architecte d'intérieur dans un cabinet de la ville, avait travaillé jusqu'à la semaine précédant son accouchement. C'est elle qui nous faisait vivre, tandis que je tardais à préparer mon concours d'entrée à la Météorologie nationale. Avant d'être transférés à Toulouse, le siège et les bureaux de cette administration étaient, à l'époque, situés à Paris, avenue Rapp. La perspective de devoir m'exiler vers le nord en cas de succès ne me poussait guère à boucler mon cursus. Anna était entrée très vite dans la vie active et prenait un certain plaisir dans l'exercice de son métier. Elle aménageait des volumes à l'intérieur des résidences ou, tâche qui l'exaltait davantage, dessinait du mobilier en béton brut. Notre maison future servit en quelque sorte de laboratoire à ses recherches, et nous vécûmes ainsi entre un canapé, une bibliothèque, une table, des penderies et des crédences, le tout en béton, et d'allure parfois assez extravagante. Mon beau-père méprisait ce décor qu'il jugeait « tout juste digne d'un chef de chantier ».

Lorsque Anna commença à perdre les eaux, j'étais au stadium municipal en train d'assister à un match de rugby en nocturne, qui opposait le Stade toulousain à l'équipe des Harlequins de Londres. J'ai toujours été fou de ce sport. Je l'ai même pratiqué pendant des années. Je jouais arrière. J'aimais remonter les ballons qu'un demi d'ouverture imprécis m'envoyait dans les bras. Je captais le cuir et, sans état d'âme, fonçais droit devant moi jusqu'à ce qu'un troisième ligne ou un centre adverse me ramenât à la raison. Je ne craignais pas les impacts des plaquages. Malheureusement, mon gabarit longiligne s'accommodait mal de ce genre de chocs successifs et j'étais souvent blessé. En revanche, je pouvais passer des pénalités de cinquante mètres, ce qui, à l'époque, n'était pas si courant. Quelle que fût la distance, je me plaçais toujours à quatre foulées du ballon, puis je faisais deux pas et demi de côté, par rapport à l'axe des buts. Ainsi, à la manière d'un Villepreux, je fauchais la baudruche plus que je ne la frappais.

J'ai admiré ce joueur. Il était pour moi la quintessence de ce sport. Quand il s'intercalait dans une attaque, même les mouettes du stade d'Auckland, en Nouvelle-Zélande, le regardaient jouer. La nuit de la naissance de Quentin, face à des Harlequins éberlués, il remonta un ballon de ses vingt-deux mètres et ne le lâcha qu'après l'avoir déposé dans l'en-but adverse. Entre-temps, il s'était amusé d'une troisième ligne bornée, de deux centres hésitants et d'un arrière trop nonchalant. Oui, j'aime à penser que mon fils est né à ce moment-là, à cet instant précis où la foule, debout, applaudissait et hurlait sa joie.

Il ne m'arrivait que très rarement d'assister à de telles rencontres. Le hasard voulut qu'Anna accouchât avec quarante-huit heures d'avance. Ce soir-là, lorsque je revins à l'appartement, voyant qu'elle n'était pas là, je compris immédiatement qu'il s'était passé quelque chose et fonçai à la clinique où elle se faisait suivre ces derniers mois. Au service d'obstétrique, on m'annonça que j'avais un garçon et que ma femme m'attendait.

Anna reposait sur un lit métallique qui me sembla ridiculement étroit. Dans ses bras, elle tenait une petite chose emmaillotée, un être minuscule, à la peau exagérément rose, et qui semblait avoir les paupières collées. Je suis resté là un moment, à les regarder tous les deux, ne sachant que faire ni que dire. Et bien que rien ne les menaçât, j'éprouvai soudain l'immense désir de les protéger. Au moment où je posais mes lèvres sur celles d'Anna, j'entendis dans mon dos la voix pleine de reproche de ma belle-mère : « Vous étiez au stade. » Aussitôt suivie de la réplique venimeuse et cinglante d'Édouard : « Il ne peut pas être partout. »

Mes parents, que j'avais préféré ne pas réveiller, découvrirent leur petit-fils le lendemain matin. Ma mère trouva qu'il avait les yeux d'Éthan, ce qui n'était pas à proprement parler un compliment, puisque, je le répète, mon fils paraissait, à ce moment-là, avoir les paupières cousues. Quant à mon père, les bras encombrés de fleurs et toujours désireux de faire plaisir, il ne cessait de répéter que l'enfant était aussi beau que sa mère. Pour ma part, je commençais à me lasser de toute cette ronde familiale, j'attendais avec impatience le moment où je pourrais rentrer chez nous avec ce qui me semblait déjà être une famille nombreuse.

Simon, lui, se présenta en début d'après-midi, félicita Anna, et, après m'avoir ironiquement demandé où je me trouvais au moment de l'accouchement, m'interrogea :

– Tu comptes le faire circoncire ?

Anna trouva instantanément la réponse appropriée.

– Va te faire foutre.

7

J'ai passé une nuit difficile. Dans la chambre d'à côté, mon voisin n'a pas cessé de hurler. À travers la cloison, je percevais certains de ses propos. Il était question d'un naufrage en haute mer. Il appelait à l'aide, disait que de l'eau s'engouffrait sous la porte, qu'il ne voulait pas périr noyé dans sa cambuse et implorait qu'on le laissât sortir. Par instants, ses suppliques avaient des accents de vérité terrifiants.

Ne dormant pas, j'ai eu le temps de réfléchir aux fragments de ma vie que j'ai déjà reconstitués. Je pense m'en être tenu aux faits, avoir rendu compte des événements ainsi qu'ils se sont produits. J'ai été surpris que de tels épisodes datant d'une vingtaine d'années fussent encore, et jusque dans les moindres détails, aussi présents dans mon esprit. J'espère pouvoir faire preuve de la même précision et d'une semblable sincérité jusqu'au terme de ma chronologie. Mais je crains qu'il en aille de la mémoire comme de la presbytie : plus les souvenirs sont proches, moins on les distingue clairement. Le recul. Il faudrait toujours vivre avec du recul, reprendre les choses là où on les a laissées une décade auparavant.

– Donnez-moi votre bras gauche, monsieur Klein. Nous allons laisser reposer le droit qui est encore un peu enflé.

C'est l'infirmière du matin. Celle qui me parle sans arrêt de ce qu'elle a vu la veille à la télévision. Elle semble regarder la totalité des programmes jusqu'à une heure avancée de la nuit. Dans ces conditions, je me demande bien quand cette femme peut prendre du repos et commencer ici son service aux aurores.

– Vous avez aimé le film d'hier soir ?

– Je n'allume jamais mon poste.

– Vous n'aimez pas la télévision ?

– Je ne sais pas. Je n'y pense jamais. Et pourtant j'ai grandi parmi les écrans. Je pourrais vous raconter le passage du 819 lignes au 625 lignes, vous dessiner la mire française avec, au centre, les chevaux de Marly, et même vous chanter l'hymne de l'Eurovision.

– Je vous trouve bien en forme, ce matin, monsieur Klein. Vous avez dû passer une bonne nuit.

J'ai toujours été très étonné de constater à quel point les gens dont le métier consiste à s'occuper des autres pouvaient être abusés par des comportements insignifiants qu'ils interprètent à contresens.

Me voilà encore réduit à l'immobilité pendant trois quarts d'heure, le temps de recevoir, goutte après goutte, ma portion d'eau bénite.

Ma fille est née un an et demi après son frère. Et à nouveau en mon absence. À dire vrai, cette fois, je n'étais pas très loin d'Anna. Je me trouvais dans le même hôpital, mais à un étage différent. Celui de traumatologie. Je m'y étais présenté quelques heures auparavant, la jambe enveloppée d'une serviette dégoulinante de sang au point que l'on pouvait me suivre à la trace dans les couloirs.

Comme à son habitude, Anna n'avait quitté son travail qu'une semaine avant le terme de sa grossesse. Je me souviens que ce jour-là il faisait un temps magnifique. Nous nous étions installés depuis peu dans notre nouvelle maison. Il y avait des arbres magnifiques et un jardin de près d'un hectare, du gazon.

J'ai toujours aimé tondre les pelouses. C'est une de mes douces perversions. Pour tromper mon angoisse et tandis qu'Anna se reposait sous la véranda, je décidai donc de me livrer à cette activité. Je ne possédais alors qu'une modeste machine, théoriquement autotractée, qu'il fallait en réalité pousser comme un damné. Mais l'herbe était jeune, tendre, et je m'y enfonçais comme dans de la fourrure. Je m'activais ainsi depuis une bonne heure lorsque je ressentis un impact d'une extrême violence contre mon tibia droit. Mon corps entier en fut ébranlé. Lorsque je baissai les yeux, je constatai que la toile de mon pantalon avait été transpercée. C'est en relevant le tissu que je vis le trou dans la chair, et presque aussitôt une douleur insoutenable me fit tomber par terre. Boitant bas, je rentrai néanmoins jusqu'à la maison. Anna pénétra dans la salle de bains et aperçut ma blessure tandis que je m'efforçais de juguler l'hémorragie avec un drap de bain.

– La tondeuse m'a projeté quelque chose dans le mollet. Ce n'est rien. Je vais me faire soigner à l'hôpital. Je serai là dans une heure ou deux. Repose-toi. Je t'assure, ce n'est pas grave.

Mes mains tremblaient. Des perles de sueur apparaissaient sur mon visage. J'étais livide. Je mourais de peur.

Le trajet en voiture jusqu'aux urgences me parut interminable. Appuyer sur la pédale de frein ou d'accélérateur provoquait dans ma jambe des élancements qui me vrillaient l'os, et je m'emmêlais les pieds dans le bandage grossier.

Après avoir examiné ma plaie, le médecin de garde m'orienta en traumatologie. Perdant mon sang comme un blessé de guerre, je patientai une bonne demi-heure dans le couloir avant qu'un interne jovial me hissât sur un chariot à roulettes et me conduisît dans un petit bloc sommairement équipé.

– Vous avez reçu une pièce de métal dans le tibia. Le morceau est encore fiché dans l'os. Il faut que je l'enlève.

Je n'osais pas regarder, ni même imaginer qu'un fragment d'acier pût être encore planté dans ma carcasse.

– Si je vous fais une anesthésie, ce sera plus confortable.

– Non, non, pas d'anesthésie. Allez-y comme ça.

– Comme vous voudrez.

Je le vis prendre des pinces chromées, installer une grosse loupe devant ma lésion, et je me retrouvai en enfer. Il s'y prit à plusieurs fois afin d'extraire au mieux la totalité du corps étranger.

– C'est fini. Regardez-moi ça.

Il me montra une pièce triangulaire de métal rouillé de trois bons centimètres de côté. En voyant la taille de l'*alien* que j'avais hébergé en moi pendant près d'une heure, je sentis que je tournais de l'œil.

– Je vais désinfecter tout ça et vous recoudre. Il va falloir encore un peu serrer les dents.

À peine avait-il fini sa phrase que je sombrai dans un délicieux trou noir où rien ni personne ne pouvait m'atteindre ni me faire souffrir.

Lorsque je rouvris les yeux, j'entendis une voix féminine : « Il est réveillé, docteur. Le pouls et la tension sont normaux. »

– Vous avez eu une petite absence. J'en ai profité pour faire mes points tranquillement et vous administrer un léger sédatif. Vous avez dormi trois heures.

L'interne portait un stéthoscope autour du cou. J'éprouvai l'envie bizarre de tirer dessus.

– Une infirmière d'obstétrique nous a appelés il y a cinq minutes. Votre femme vient d'accoucher. Vous avez une fille. On ne peut pas dire que ce soit votre jour de chance.

C'était sans doute une plaisanterie de carabin. Dans

mon état, je n'en percevais pas toute la subtilité. Et la seule chose pertinente que je trouvai à répondre fut :

– Quel est son prénom ?

– Ça, mon vieux, c'est à vous de nous le dire.

Fort heureusement, Clarice ne se souviendra jamais de sa première rencontre avec son père. Sinon, je crains que l'entier de nos relations en eût été changé. Une demi-heure après avoir récupéré mes esprits, on me conduisit à la chambre d'Anna dans un fauteuil roulant. Je portais encore mon pantalon troué, maculé de sang, arborant la mine olivâtre d'un rescapé d'accident d'avion. Anna tenait notre fille dans ses bras. J'étais assis trop bas pour apercevoir son visage. Elle l'inclina légèrement vers moi, et subitement je me sentis mieux. Clarice était bien la sœur de Quentin. Elle aussi avait les paupières collées.

– Décidément, mon gendre, vous n'en ratez pas une.

C'était la voix de Léa. Toujours aussi urticante. Toujours aussi déplaisante.

– Ne l'accable pas. Tu vois bien que ce garçon vient de subir une rude épreuve, ajouta ce salopard d'Édouard.

Je fis pivoter ma chaise et, en un tournemain, la fis rouler contre les chevilles de mon beau-père. Il était coincé, debout, contre le mur. Ma tête arrivait à peine à hauteur de son estomac. Je la levai vers son visage de magistrat qui ne doute jamais.

– Casse-toi ou je te tonds les couilles.

J'ignore ce qui me poussa à dire une chose pareille. Sans doute mon accident m'avait-il dérangé l'esprit ou au contraire tonifié en m'insufflant une vigueur rageuse qui souvent me faisait défaut. Suffoqué, le juge sembla prendre ma menace au sérieux. Il se dégagea comme il le put de mon emprise, ramassa ses affaires, prit le bras de sa femme et tous deux disparurent derrière la porte.

Anna me passa la main dans les cheveux. Je laissai aller ma tête au creux de son bras. J'avais envie de dormir. De dormir près d'elle toute une vie.

À l'époque, Anna continuait toujours de nous faire vivre. Pour ma part, je rechignais à présenter mon concours, préférant me cantonner dans les tâches d'un père au foyer. Je m'occupais des enfants, préparais les repas, lessivais le linge. Après les courses, le repassage et l'aspirateur, je trouvais encore le temps de rêvasser sous la véranda. J'aimais ce rythme ménager, faussement indolent, qui, le soir, vous laissait en bouche le goût vitaminé du devoir accompli. Chaque matin, je savais pourquoi je me levais. J'avais vingt-quatre ans.

Dans le jardin, au soleil du Midi, les enfants poussaient comme de la mauvaise herbe. Je les avais constamment sur le dos et j'aimais cela. Parfois, l'après-midi, je déployais un plaid sur la pelouse. Le temps d'une sieste, nous nous étendions tous les trois, recroquevillés à l'ombre, comme de jeunes chiots.

Souvent, lorsque Anna rentrait, Clarice et Quentin étaient déjà couchés. Le repas était prêt et nous le prenions dehors, sur la terrasse. Nous parlions beaucoup, parfois jusqu'au milieu de la nuit. Ensuite, je m'agenouillais, glissais ma tête entre les jambes de ma femme, et, comme un animal domestiqué, je léchais toute la vie qui s'écoulait d'elle.

J'avais toujours ma BSA, et c'est à moto que j'allais faire mon marché, coinçant Quentin entre mon bassin et le réservoir tandis que Clarice était sanglée dans mon dos. J'aurais pu vivre ainsi pendant des siècles la vie d'une mère de famille. Anna aimait travailler. Je détestais cela. Nous formions un couple résolument complémentaire.

Mais ce bonheur insouciant, ces journées d'innocence prirent brutalement fin quelques mois plus tard, lorsque les enfants tombèrent malade et durent séjourner, simultanément, plusieurs semaines à l'hôpital.

À la suite d'un mauvais rhume, Clarice connut des problèmes respiratoires. Le virus se montra à ce point intraitable qu'il fallut hospitaliser notre fille. Anna et moi pensions que c'était l'affaire d'une paire de jours. Il en fallut dix-sept pour que l'oxygène et des antibiotiques vigoureux fissent leur premier effet. Entretemps, Quentin avait rejoint sa sœur dans le pavillon de pédiatrie. Il souffrait d'un inexplicable syndrome diarrhéique. Notre fils ne pouvait plus digérer aucun aliment, et, tel un enfant atteint par le choléra, se déshydratait à vue d'œil.

Durant cette période, Anna quitta son travail et passa ses journées auprès de Clarice tandis que, un étage plus bas, je prenais ma garde aux côtés de Quentin. Parfois nous échangions nos patients, mais toujours nous étions là, à surveiller le sommeil de nos enfants, scrutant leur visage pour y déceler la moindre trace de fatigue ou de douleur. Oui, lorsque je repense à cette période, je suis fier de ce que nous avons fait, de notre ténacité, de notre acharnement à les soustraire à la maladie.

Le soir, lorsque nous rentrions à la maison, nous vivions dans la hantise de recevoir un appel de l'hôpital. Les médecins ne nous avaient pas caché la gravité du mal. Chez les petits, les choses peuvent évoluer très vite, dans un sens comme dans l'autre. Aussi appréhendions-nous de les abandonner pour la nuit, de peur de ne rien retrouver de leur vie le lendemain.

C'est Clarice qui, la première, se sortit d'affaire. Quentin, en revanche, s'enfonça plus profondément dans son état. Un matin, le spécialiste qui le soignait me demanda de le rejoindre dans son bureau.

– Votre fils a fondu pendant la nuit. Les perfusions n'arrivent plus à compenser ses pertes. Nous avons fait toutes les analyses possibles et nous ne trouvons toujours rien. Je ne sais pas comment vous dire cela, mais il faut que vous vous prépariez à des moments très pénibles. On va encore essayer un régime de base, ensuite, les choses dépendront exclusivement de lui.

Lorsque j'arrivai au chevet de mon fils, je ne le reconnus pas. En douze heures, son visage donnait l'impression d'avoir rétréci, et des cernes noirs bordaient ses yeux qui semblaient flotter comme deux flaques au fond de ses orbites. Ses membres étaient squelettiques et sa respiration, aussi ténue que celle d'un pigeon. Je pris sa main dans la mienne et ne pus retenir mes larmes.

Un peu plus tard, Anna vint me rejoindre et nous restâmes ainsi toute la journée à nous efforcer de faire sentir à Quentin que nous avions besoin de lui et qu'il devait vivre. Le service aménagea une chambre pour que nous pussions rester auprès de lui. Je vécus cette nuit interminable habité par des pressentiments contradictoires, empreints tantôt de résignation, tantôt de révolte. Lorsque j'allais fumer une cigarette, sur le parking, d'irrecevables images me hantaient.

Au matin, je rentrai pour quelques heures à la maison afin de me changer et de donner quelques coups de fil. Lorsque, vers midi, je revins à l'hôpital, je vis Anna qui me faisait des signes indéchiffrables à travers la fenêtre de la chambre. Je me ruai dans les couloirs.

Et je découvris ce que je n'espérais plus. Un fils transfiguré, remplumé, un fils aux yeux malicieux, débarrassé de ses miasmes. Un fils qui avait décidé de vivre et de grandir parmi nous.

– Il a réagi, dit le médecin.

Le bonheur m'étouffait, j'avais envie de crier ma joie, de sauter en l'air comme autrefois lorsque j'envoyais la balle entre les poteaux. Je voulais prendre le monde entier dans mes bras. Je me contentai de serrer Anna contre mon cœur et de l'embrasser ainsi que je ne l'avais peut-être jamais fait auparavant.

– Il s'en est sorti tout seul, ajouta modestement le pédiatre. Absolument seul.

J'étais bien. Le bonheur me donnait la chair de poule, et ma tête résonnait des acclamations de la foule du stadium, qui, debout, saluait l'exploit de mon fils.

8

À partir de ce jour-là, j'ai aimé Clarice et Quentin différemment. En connaissance de cause. En appréciant la valeur exorbitante de leur vie.

Je dis souvent que je n'aurais jamais dû avoir d'enfants. Cela peut paraître étrange, mais je me comprends.

Aujourd'hui, ils sont grands. Depuis que je suis interné ici, ils m'ont téléphoné de France à plusieurs reprises. Mais j'ai refusé de leur parler. Cela m'est impossible. En revanche, je leur ai écrit deux lettres pour leur dire toute mon affection et leur demander de ne pas me rendre visite ainsi qu'ils en avaient manifesté l'intention. Je ne veux pas qu'ils me voient dans mon état. Je préfère qu'ils gardent de moi l'image du jeune homme qui les promenait en BSA.

C'est l'heure de ma sortie dans le jardin. L'idée de respirer l'air de Jérusalem me répugne. Cette ville empuantie par les remugles de trois religions finira par me rendre fou, si je ne le suis déjà. Tout ici respire le renfermé, l'imposture et la vanité. Que n'ai-je été enfermé à Tel-Aviv, au cœur de ses rues pleines de douceur et de vie, qui n'ont jamais prétendu symboliser le creuset de la civilisation, se contentant plus prosaïquement, comme une vieille Américaine, de laisser leur âme dorer au soleil et de traîner les pieds dans l'eau.

Le parc de la clinique est aussi sec que de la brindille. Pas de massifs, pas d'herbe, pas la moindre tondeuse. Seulement de la poussière, de la pierre et quelques arbres sales. Je marche dans le gravier, j'aperçois le mont des Oliviers. C'est une colline ridicule.

– Ravi de vous voir dehors et en si gaillarde forme, monsieur Klein. Vous contempliez l'Histoire ?

– L'Histoire dont vous parlez n'a jamais existé, monsieur Tsarian. Vous en êtes parfaitement conscient, mais ne l'avouerez jamais. Cela risquerait de mettre en péril votre commerce d'eau bénite.

– À quoi faites-vous allusion ?

– À vos perfusions, docteur, à ces satanées potions qui font enfler les bras et me désossent la tête. Votre Histoire est en train de me tuer. Vous le savez, je le sais et je vous laisse faire.

– Israël vous hante, monsieur Klein. Bien plus que vous ne le croyez. Nous parlerons de ce sujet lors de notre séance de demain.

– Nous parlerons de tout ce que vous voudrez, docteur. Je suis là pour cela, parler.

Par certains traits, Tsarian me fait parfois penser à Simon. Comme lui, il ne peut s'empêcher de faire référence à tout bout de champ à la sainteté de cette terre, à la prééminence de ce pays.

C'est en 1975 que mon frère prit la décision de venir vivre à Jérusalem. Les derniers mois qui précédèrent son départ furent pour mes parents un véritable enfer. Il ne cessait, en effet, de les harceler pour tenter de les convaincre de quitter la France et de s'installer dans leur véritable patrie.

– Mais ma patrie c'est ici, à Toulouse, disait Éthan. Je suis né dans cette ville. Pourquoi veux-tu m'envoyer à l'étranger ?

– À l'étranger ? Tu te rends compte de ce que tu dis ? Israël est notre maison, notre sol. Tout juif digne de ce nom se doit d'y vivre, d'y travailler et d'y mourir.

– Et le magasin ? Qu'est-ce que tu en fais, du magasin ? Je le mets dans la valise peut-être ? Et ta mère ? Elle quitte toutes ses amies, ses petits-enfants pour aller faire pousser des tomates dans un de tes kibboutz ? Tu as pensé à ta mère ?

– Tu as vu à quoi ressemble votre vie dans cette boutique ? Et tu oses te moquer des kibboutzniks ? Laisse-moi te dire une chose : tu vas crever entre ces quatre murs sans jamais avoir rien tenté, sans avoir vu autre chose que le bout de tes soudures. Finalement, ta vie aura ressemblé à celle de ta mère.

– Qu'est-ce que tu sais de la vie de ma mère ? Qui t'autorise à la juger ?

– Ta mère a passé son existence à servir. Et tu fais la même chose. Tu es le larbin du quartier. On t'appelle et tu rappliques. Tu te souviens comme tu t'es senti humilié, il y a quelques années, quand tu es allé réparer le téléviseur des Baltimore ? Mais réfléchis à une chose : ces *goyim* t'ont traité exactement de la même manière que le font chaque jour tes autres clients. Ils t'ont traité comme un petit dépanneur de faubourg. Ni plus ni moins.

– Comment peux-tu dire et surtout penser des choses aussi méprisantes à notre égard, alors que ta mère et moi n'avons eu de cesse de vous élever dans le respect et la dignité ? Tu vois, Simon, je ne suis sans doute qu'un petit dépanneur et tu es peut-être plus juif que nous tous, mais tu parles comme un *shkotzi*, un petit voyou de *goy*.

Après chacune de ces scènes, je recevais un coup de téléphone de mes parents. Effondrés, ils me rapportaient les propos de mon frère, à chaque fois plus blessant, plus humiliant. Je n'arrivais pas à comprendre le but que recherchait Simon, ni à saisir les ressorts de la méchanceté qui le poussait à s'acharner sur Édith et Éthan.

Mon jumeau a toujours eu un caractère difficile. Lorsque, enfants, ma mère nous prenait ensemble sur ses genoux, il se débattait sauvagement pour s'arracher à cette étreinte ; moi, j'aurais passé ma vie entière dans ce tiède giron. Je le revois aussi torturant les lézards qu'il attrapait, leur tranchant les pattes pour leur apprendre, disait-il, à ramper comme des serpents. Je n'oublierai pas non plus ce jour où, l'accompagnant à la pêche, je le vis achever un jeune goujon en lui plantant ses dents dans les branchies. Ces jeux cruels préfiguraient la manière dont, plus tard, mon frère mordrait sans ménagement dans l'existence.

Quelques jours avant son départ pour Israël, Simon me consacra une soirée. J'avais préparé un dîner d'été, parfumé et léger, et acheté une bouteille de Chasse-Spleen, ce vin de Bordeaux dont il raffolait. Je redoutais un peu ce repas, craignant d'avoir à supporter ses diatribes. Nous étions jumeaux, et pourtant il s'était toujours imposé à moi comme mon aîné. Il avait terminé ses études d'histoire depuis deux ans et je n'en finissais pas de préparer mon concours. Il gagnait sa vie en enseignant dans une école privée tandis que, tel un petit maquereau domestique, je vivais aux crochets de ma femme.

Les enfants dormaient, Anna était aussi fraîche et belle qu'une plante que l'on vient d'arroser, l'air embaumait l'herbe coupée et les assiettes, remplies de légumes, ressemblaient à des jardinières de fleurs.

Tout était prêt, nous l'attendions.

Il arriva vers vingt et une heures, rempli d'un entrain que je ne lui connaissais pas. Après nous avoir complimentés sur la manière dont nous avions arrangé la maison et le jardin, il déboucha joyeusement la bouteille que je lui avais destinée et se servit un verre. En déglutissant les yeux fermés, un instant, il ressembla à un homme heureux.

Je l'étais aussi, me réjouissant de la tournure favorable que prenait la soirée. Anna, qui n'avait jamais trop apprécié les manières rudes de Simon, demeurait sur une réserve prudente. La suite lui donna raison. Mon frère se tint convenablement jusqu'à ce que je lui serve un moka que je venais de moudre quelques instants auparavant. Trempant ses lèvres dans la tasse, il grimaça ostensiblement et dit :

– Tu fais toujours un café de merde. Tu tiens ça de maman.

Cette réflexion, en soi anodine, me glaça. Je connaissais Simon. Il avait toujours besoin d'une mauvaise raison pour ouvrir les hostilités.

– Les parents t'ont appelé, ces temps-ci ? Bien sûr. Ils ont dû te raconter des horreurs sur mon compte. Qu'ils se rassurent, dans quelques jours ils seront débarrassés de leur mauvais fils. Ils auront tout le temps de s'occuper de l'autre, de celui « qui ne pêche pas », comme dit le père d'Anna.

Je ne répondis rien. Je laissais aller les choses, sachant qu'à ces instants-là, aucun barrage ne pouvait endiguer le flot de sa logorrhée maniaque.

– Tu as toujours été le préféré de nos parents. Et tu sais pourquoi ? Parce que tu as passé ton temps à leur lécher le cul, à cautionner, et même à encourager leur médiocrité. Je suis certain que leur vie te dégoûte autant que moi. Mais tu refuses de te l'avouer. Parce que, au fond, tu sais que tu ne vaux pas mieux qu'eux.

– J'aimerais autant qu'on en reste là pour ce soir.

– Toi, tu vas en rester là. Tu vas rester au même endroit toute ta vie. Tu vas y mourir. Comme Éthan et

Édith. Regarde, déjà, à ton âge, tu vis comme maman. Des gosses, une maison bien tenue, des petits plats. Et j'oubliais : une femme qui a la faiblesse de t'entretenir.

– Je pense qu'il est temps que tu rentres chez toi.

– Quand on est à la pêche, tu sais en quels termes ton beau-père me demande de tes nouvelles ? « Comment va la baby-sitter de ma fille ? » Édouard t'a jugé dès le premier jour. Il est ce qu'il est, mais au moins il voit juste.

Anna se leva brusquement de table et rentra dans la maison.

– Je vais te faire un aveu, continua Simon, je n'ai jamais aimé mon visage. Mais j'ai toujours détesté le tien au plus haut point. Parce que aussi loin que je remonte dans ma mémoire, il me renvoie l'image de quelqu'un dont j'ai honte. Tu me ressembles trop pour être si différent.

– Tire-toi d'ici.

– Tu es mort, Paul. Tu as à peine vingt-cinq ans et tu es déjà un cadavre. Un cadavre qui élève des gosses. Tu sens le *goy*, tu vis et tu penses comme un *goy*. Seulement tu n'es pas un *goy*. Tu ne le seras jamais. Aux yeux de tes beaux-parents, tu n'es qu'un petit youpin. Nous sommes identiques et pourtant c'est moi qu'ils respectent. Tu ne t'es jamais demandé pourquoi ? Parce que je suis celui qui ne baisse pas les yeux, celui qui sait attraper les truites.

– Je n'ai rien à te répondre. Je voudrais simplement que tu t'en ailles. Je crains de n'avoir pas la patience de nos parents.

– Tu as remarqué qu'on ne s'est jamais bagarrés ? Tu sais pourquoi ? Parce qu'on ne peut pas se battre contre soi-même. En ce moment, je te répugne et pourtant tu es moi, quelque part, au fond de toi, dans notre vase commune.

Je me suis levé et j'ai fait quelques pas sous la véranda. J'entendais la stridulation des grillons et le chant bullé des grenouilles.

– Tu sais, dit Simon, l'autre jour, j'ai vraiment pris conscience que nous avions passé neuf mois ensemble, côte à côte, enchevêtrés dans le ventre de maman. Figure-toi que cette idée m'a donné la chair de poule tant tu me dégoûtes.

Je me précipitai sur mon frère et lui envoyai une gifle d'une telle violence qu'elle le fit chuter de sa chaise.

– Fous le camp en Israël, va crever là-bas !

Abasourdi, les jambes emmêlées dans le dossier de la chaise, mon jumeau me fixait. Et j'avais l'impression de me voir. De m'être moi-même frappé. Tout mon corps tremblait, mes joues étaient en feu.

– Je ne veux plus jamais te revoir, dis-je.

– Tu me reverras, Paul. Un jour. Et à Jérusalem. C'est toi qui viendras là-bas. Mais il sera trop tard pour tout.

Il se releva lentement, essuya ses mains sur la serviette de table et épousseta son pantalon. Ensuite, du pas d'un ambassadeur colonial, les mains dans les poches, l'air indolent, il descendit l'allée du jardin avant de se fondre dans le noir.

On vient de me porter mes pilules du soir avec un repas qui me semble lourd et gras. Moi qui n'aime que les légumes, on me sert un brouet tiède et de la viande.

Pour rien au monde je ne porterais cette carne à ma bouche.

J'attends que la nuit tombe. C'est le pire moment de la journée. Ce soir, je vais laisser mon récit en plan jusqu'à demain et essayer de dormir, pour peu que mon voisin me l'autorise.

Rien ne presse. Je me sens fatigué et ramolli par une tristesse qui vient de loin. Replonger dans sa jeunesse est un exercice émollient. Je pense à mes enfants. Au fait que je ne les reverrai sans doute jamais. Cette perspective, même si je la sais nécessaire, me terrorise. Parfois je me dis que je n'ai que quarante-six ans.

Le soleil vient de disparaître derrière les collines. La lumière est pâle, grise. Je voudrais avoir la force de m'enfuir d'ici en courant avec ce courage dont je faisais preuve, autrefois, lorsque je contre-attaquais, le ballon serré sur mon cœur.

J'ai un goût de cuivre dans la bouche. Ce sont les effets secondaires des gélules.

Je redoute la nuit qui vient.

Je redoute toutes les nuits.

Le monde est un endroit bizarre.

Mon voisin vient de se remettre à crier. Il frappe contre la cloison, hurle que l'eau monte, qu'elle s'infiltre sous la porte.

9

Vers minuit, des infirmiers sont venus secourir le braillard et l'ont conduit à l'isolement, dans une cellule capitonnée au bout du pavillon. Après son départ j'ai pu dormir quelques heures. Ce répit m'a fait du bien. Ce matin, j'ai été surpris de découvrir que je n'étais pas sur la liste des perfusés. J'ai aussitôt imaginé que Tsarian, vexé par ma réflexion, avait décidé de me priver de son eau bénite. Cela va me permettre de m'avancer, de me remettre au travail tout de suite. J'ai ouvert la fenêtre pour aérer ma chambre. Mais l'air extérieur qui arrive à se faufiler entre les barreaux est encore plus vicié que celui de mon carré.

Peu de temps après le départ de Simon, mon beau-père fut victime, en pleine audience, d'un accident vasculaire cérébral. Il s'effondra brutalement pendant qu'il interrogeait un prévenu. Deux jours après son attaque, je le visitai à l'hôpital. La face figée par l'hémiplégie, le front contusionné, les mains ballantes, le juge faisait grise mine. Mais ses yeux avaient conservé toute leur férocité.

Édouard m'adressa un léger signe de tête, qui pouvait signifier bien des choses. Je pris un siège et m'installai un moment près de lui. Léa, assise de l'autre côté du lit, parcourait distraitement des revues. Sans lever le nez de ses pages, m'ignorant superbement, elle commentait à voix haute certains ragots mondains. De temps en temps, comme pour faire savoir que tout cela était bien loin de ses préoccupations, son mari relevait l'unique sourcil qui lui obéissait encore. Au bout d'un moment, tournant lentement la tête vers moi, Édouard me demanda :

– Les enfants ne vous fatiguent pas trop ?

Malgré son état et son élocution difficile, il ne renonçait pas à me lancer ses piques désagréables. Je fis non de la tête, pareil à un imbécile qui ne comprend pas que l'on se joue de lui. Pouvais-je, dans ces circonstances, agir autrement ? Encouragé par mon manque de réaction, Baltimore ajouta :

– Ma fille a de la chance d'avoir un mari d'intérieur. D'après ce que m'a dit votre frère, votre grand-mère, la mère de monsieur votre père, était une experte en tâches ménagères. Assurément, vous tenez d'elle. Anna a eu la main heureuse.

Renonçant à croiser le fer, et ignorant cette nouvelle vexation, je m'appliquai à sourire de ce que je feignais de prendre pour un compliment.

– Comment vous sentez-vous ?

– C'est toujours ce que l'on demande en pareil cas,

n'est-ce pas ? Eh bien ! mon gendre, je vais mal, je me sens mal et c'est sans doute la dernière fois que j'ai le bonheur de converser avec vous aussi agréablement.

Il parlait comme s'il avait des cailloux dans la bouche. Ses formules étaient aussi affectées que son phrasé était approximatif.

– Je vous trouve plutôt en forme.

– Vous vous souvenez du jour où vous m'avez menacé de me tondre les parties ? Votre réaction pleine de fierté m'a fait un instant douter du jugement que j'avais jusque-là porté sur vous. Mais la suite m'a démontré que j'avais vu juste. Votre sursaut d'orgueil n'était qu'un feu de paille.

J'en avais assez entendu. Je me levai, lui souhaitai bon courage et me dirigeai vers la porte. Au moment où j'allais en saisir la poignée, Édouard prononça mon nom. Il ne m'appela pas Paul. Il dit « Klein ». Après m'avoir ferré du regard, il murmura :

– Je ne vous ai jamais particulièrement aimé. Vous le savez. Et en ce moment je vous hais. Savez-vous pourquoi ? Parce que je vais mourir et que vous allez me survivre.

Soulevant sa petite tête, Léa se tourna dans ma direction.

– Vous voyez bien que vous le fatiguez.

Je n'ai jamais raconté cet épisode à Anna, préférant garder secrète cette dernière humiliation. Deux jours après notre entrevue, victime d'une seconde attaque, Édouard décéda sur son lit d'hôpital. Cette fois, le juge ne s'était pas trompé : je lui avais survécu.

La disparition de mon beau-père, on s'en doute, ne m'affecta pas outre mesure. Mes parents, qui avaient tenu à assister aux obsèques, furent, au temple comme au cimetière, relégués au rang des lointaines connaissances. Après la cérémonie, ils ne furent pas invités à l'appartement du Jardin royal.

Pourtant, j'entends encore la voix de mon père disant, la veille de l'enterrement : « La mort efface tout » et ajoutant, à l'endroit de ma mère : « Pour la réconforter, tu ne crois pas qu'il faudrait apporter un strudel à Léa ? »

Éthan était ainsi fait. Naturellement amène, et par ailleurs convaincu que le strudel était un puissant cicatrisant, capable de cautériser toutes les plaies de l'âme.

Quelques mois après la mort de mon beau-père, je me présentai enfin au concours de la Météorologie nationale. Je fus reçu. Ce succès ne me transporta pas de joie. Il signifiait plutôt la fin de l'innocence et celle d'une époque. J'allais quitter la maison, délaisser Anna et les enfants cinq jours par semaine, pour suivre ma formation trois années durant, à Saint-Cyr-l'École, une bourgade de dix mille habitants située dans les Yvelines, autant dire au septentrion de ma vie.

Avant que je parte pour cet exil, Anna et moi décidâmes de prendre une dizaine de jours de vacances sans les enfants, au début du mois de septembre, sur la côte basque.

Les cheveux en bataille, au volant d'une vieille Volkswagen 1500 cabriolet qu'Anna m'avait offerte pour mon anniversaire, je roulais vers Bayonne et ce que je pensais être une pleine semaine de bonheur. Je ne me doutais pas que, durant ce séjour, Anna Baltimore allait perdre à jamais une partie d'elle-même.

Nous avions loué une petite maison qui donnait sur le port de Socoa, dans la baie de Saint-Jean-de-Luz. C'est une rade de toute beauté, préservée par une longue digue. En période de gros temps, des tonnes d'eau viennent s'écraser sur les blocs de béton et explosent en gerbes dépassant parfois dix mètres de haut. À cet endroit, l'air est aussi fin que de la gaze et embaume l'iode.

Le soir de notre arrivée, une grosse tempête venue de l'ouest atteignit la côte. De notre maison située non loin de la jetée, nous percevions les coups de boutoir de l'océan qui grondait comme un lointain orage.

Les bourrasques de pluie, semblables à des essaims d'abeilles, se fracassaient contre les vitres du salon. Anna se posta devant la fenêtre et m'attira dans son dos. Je plongeai mes lèvres dans la soie de sa nuque et carressai ses fesse. Elle gardait ses mains appuyées de part et d'autre de la croisée, ondoyait du bassin, fléchissait les genoux pour accentuer sa cambrure.

– Baise-moi Klein, je veux ça.

Dans ces moments-là, Anna m'appelait par mon nom, ainsi que l'avait fait son père avant de mourir. Et cela stimulait ma libido.

Je mordais le sommet de ses épaules et passais mes mains sur son ventre. Tantôt le bout de ses seins effleurait la buée de la vitre, tantôt ils s'écrasaient contre les montants, lorsque je pesais sur Anna de tout mon poids. Si, bravant l'orage, un homme était passé dans la rue, il aurait vu une femme se démener les bras en l'air, le cheveu en désordre, collée au carreau comme une mouche.

Ivre de sa force, la tempête tournoya dans la baie toute la nuit. Au matin, le paysage, encore luisant d'humidité, semblait avoir été lavé de toute souillure. Sous un ciel apaisé, dans le vert des collines, se découpait le pic de la Rhune et l'on avait l'impression de pouvoir toucher du doigt Fuentarrabia, à la pointe de la côte espagnole. Nous passâmes la journée sur la plage et le port de San Sebastian à manger des *tapas* et de la piperade. Le soir, nous avons pris la route des crêtes du Jaizquibel, et sommes rentrés chez nous, capote baissée, en longeant les falaises au-dessus d'Hendaye.

Avec ses belles lèvres rouges, sa coupe au carré qui battait dans le vent comme une voile, sa robe courte qui découvrait ses jambes minces, Anna était éblouissante. Je vivais auprès d'elle depuis près de cinq ans et je la désirais autant que si je l'avais rencontrée la veille.

Anna a toujours aimé le ski nautique. Initiée à ce sport dès son plus jeune âge par son oncle qui possédait un Riva de forte puissance, elle me parlait souvent du souvenir grisant qu'elle gardait de ses slaloms aquatiques, lorsque, se relançant en bout de corde, elle coupait le sillage du bateau à plus de soixante kilomètres à l'heure. Deux jours avant notre départ, je lui fis la surprise de louer un bateau racé, équipé du plus vigoureux des moteurs Evinrude et à l'intérieur duquel se trouvait un monoski, un gilet et une combinaison à sa taille.

Toute la journée, à la barre de ce bolide, je sillonnai la rade, traînant derrière moi une femme infatigable et radieuse qui semblait voler sur une gerbe d'écume.

Je vais m'arrêter un instant pour boire un verre d'eau. Je n'aime pas parler de ce qui va suivre. Tant de choses se sont dégradées après cette journée. S'il m'était donné de la revivre, j'emmènerais Anna au fin fond des terres, dans un endroit où l'on ne saurait même pas que la mer existe. Et je la garderais, comme une sentinelle, à l'abri de tout, jusqu'à ce que la nuit tombât, jusqu'à ce que le destin eût passé sa route. Je sais qu'au long de ma transcription, je devrai relater d'autres moments pénibles. Mais celui qu'il me faut maintenant évoquer est sans doute le plus injuste, le plus horrible de tous.

Nous avions consommé presque toute l'essence du bateau, et Anna se reposait un instant à bord. Je voulais rentrer au port, mais elle insista pour que nous fassions un dernier passage dans la baie. Elle se remit à l'eau en se laissant aller en arrière, à la façon de ces plongeurs entraînés par le poids de leurs bouteilles. Je remis le moteur en route, lançai doucement le régime jusqu'à ce que la corde fût tendue avant de tirer à fond sur la manette des gaz. Anna jaillit de l'océan.

Nous passâmes devant le port de Socoa avant d'amorcer un large virage, vers la rive nord de Saint-Jean-de-Luz.

Nous étions à pleine vitesse lorsque je vis surgir un autre hors-bord sur notre droite. Il avançait à la même allure que nous, soulevant de gros paquets de mer et semblant gifler l'eau de son étrave. Quelque chose n'allait pas. Nos trajectoires étaient incompatibles. Le temps que je réagisse, l'embarcation coupait notre route. Lorsque je me retournai, je vis qu'il n'y avait plus personne au bout de la corde.

Au lieu de faire demi-tour, je coupai le moteur et me jetai dans les flots pour rejoindre ma femme à la nage. Grâce à son Mae-West, Anna flottait sans effort. Ses yeux étaient hagards et de sa bouche ouverte ne s'échappait aucun cri. Lorsque je parvins à la rejoindre, je m'aperçus qu'autour d'elle l'eau était rougie.

– Tu es blessée ?

Je la revois encore soulever lentement son bras gauche hors de l'eau. Sa main pendante, sectionnée au niveau du poignet, n'était plus retenue que par quelques lambeaux de peau. Lorsque Anna, choquée, prit enfin conscience de son état, elle émit une plainte étouffée et fondit en larmes.

Le propriétaire de l'autre bateau avait fait demi-tour et nous porta secours. Il m'aida à hisser la blessée à bord et cingla ensuite vers le poste d'urgence de la plage. Pendant ce temps, avec les lanières du gilet, je posai un garrot au-dessus du coude d'Anna.

– Je ne sais pas ce qui s'est passé, répétait le pilote. J'ai été ébloui, je ne vous ai pas vus. Sa main est passée dans l'hélice. Bon Dieu ! je n'ai rien pu faire.

À terre, un médecin jugula sommairement l'hémorragie et, par ambulance, fit transporter Anna jusqu'à l'hôpital de Bayonne. L'opération ne dura pas très longtemps. Lorsqu'elle fut terminée, le chirurgien vint me rejoindre dans le couloir. À ses manières embarrassées, ses difficultés à annoncer les mauvaises nouvelles, il me fit penser à mon père. Il passa ses mains sur ses joues comme un homme fatigué qui vient de se raser.

– J'ai été obligé d'amputer votre femme au niveau de l'articulation du poignet. Il n'y avait vraiment aucune autre solution. Je suis profondément désolé. Je lui ferai part de son état demain matin. En ce moment, elle est encore sous l'effet de l'anesthésie. Nous allons lui administrer des sédatifs pour la nuit. Croyez bien que je suis navré. Même si cela peut vous paraître dérisoire en cet instant, sachez que les prothèses ont fait d'énormes progrès. Au début ce sera difficile. Elle ne souffrira pas physiquement, mais il faudra beaucoup l'aider d'un point de vue psychologique.

Je passai la nuit dans le couloir, assis sur un banc, à fumer en pensant aux enfants et à mon départ imminent pour Saint-Cyr-l'École.

Vers minuit, je me glissai dans la chambre de ma femme. Elle semblait calme. Son bras blessé était pris dans une gouttière. En le regardant, une question me vint soudainement à l'esprit : qu'avait-on fait de la main d'Anna ? Où étaient ses doigts qu'hier encore elle passait dans mes cheveux ?

10

Lorsque les plaies furent cicatrisées, un spécialiste moula le moignon d'Anna afin d'y adapter une prothèse en silicone, qui adhérait parfaitement à son avant-bras par simple effet de ventouse. Cet appareillage rendait avec tant de vérité la couleur et la texture de la peau qu'il était indécelable à l'œil. Seule, la rigidité permanente des doigts avait parfois quelque chose de gênant.

Du fait de leur âge, Clarice et Quentin ne prirent jamais la mesure exacte de ce qui était arrivé à leur mère et grandirent en s'habituant aux caresses dont les gratifiait parfois cette main morte. Anna, elle, n'accepta jamais ce morceau caoutchouteux qui pendait au bout de son cubitus. Elle fondait souvent en larmes en se lavant les mains. Elle ne supportait pas le contact de cette chose qui ne lui appartenait pas.

Je l'ai dit, cet accident se produisit au moment où je devais partir pour Saint-Cyr-l'École. Il m'était impossible de rater ce rendez-vous. J'abandonnai donc une femme fraîchement amputée qui, du jour au lendemain, se retrouva seule avec deux enfants. L'harmonie familiale que notre singulier style de vie avait jusque-là préservée se brisa net. Dans l'urgence, nous dûmes résilier nos arrangements médiévaux, oublier le partage des tâches et prendre le sillage des couples modernes voués aux cadences du labeur. J'avais beau m'efforcer de rentrer toutes les fins de semaine à la maison, rien n'était plus pareil. Je compris alors qu'une époque était finie.

Anna reprit le travail à son cabinet et n'eut d'autre solution que de faire garder les enfants pendant la journée. Le soir, avec son bout de silicone, elle se dépêtrait de la cuisine et du ménage comme elle le pouvait. Le weekend, j'essayais bien d'alléger sa tâche, mais ce nouveau rythme nous usait l'un et l'autre. Si bien que lorsque nous étions ensemble, la fatigue accumulée nous empêchait de nous retrouver.

Et pourtant j'aimais cette femme. Toutes les photos que je pris d'elle durant ces années peuvent en témoigner. Du jour où mon père m'offrit un vieux boîtier Asahi Pentax qu'il avait racheté à un de ses clients, je n'eus de cesse de saisir toutes les expressions, tous les éclairages du visage divin d'Anna. Je la photographiai nue, habillée, endormie sur des draps, au volant de la voiture. J'aimais l'élégance de son visage, la sensualité de ses jambes, le reflet de ses seins et la raie de ses fesses majestueuses. Je développais les pellicules et effectuais les tirages dans le laboratoire d'Éthan. Et lorsque je rentrais à la maison, je rangeais les dernières épreuves d'Anna dans des boîtes déjà remplies de ses sourires, des lignes de son corps, des fragments de sa peau. J'accumulais ces clichés comme d'autres les billets de papier-monnaie. Et quand il m'arrivait de contempler cette banque d'images, oui, vraiment, j'avais alors le sentiment d'être un homme riche.

Durant mes trois années de formation dans les Yvelines, je n'emportai aucun de ces bromures. Ils dataient d'un autre temps. À la suite d'une brutale banqueroute affective, ma fortune s'était dévaluée.

Tout cela me paraît aujourd'hui bien lointain. Qu'y a-t-il de commun entre cette femme que j'ai idolâtrée et celle qui, d'une certaine manière, m'a conduit là où je me trouve aujourd'hui ? Peut-être photographiais-je un rêve, une illusion que j'étais seul à voir dans mon viseur ? Peut-être l'obturateur à rideau, dans son va-et-vient en un cent vingt-cinquième de seconde, ne prélevait-il qu'un échantillon de la réalité ?

Je suis assis face à Arie Tsarian. Il se tient debout devant la fenêtre comme s'il guettait la venue de quelqu'un.

Je n'aime pas interrompre mon travail. Pour retrouver le fil de mon histoire, je dois, à chaque fois, tâtonner longuement dans l'écheveau de ma mémoire. Je perds du temps. Mais au fond, rien ne me presse.

– Comment allez-vous ce matin, monsieur Klein ?

– Comme un homme qui visite son psychiatre.

– C'est drôle. Savez-vous que votre frère, dans cette pièce, m'a fait, un jour, mot pour mot, la même réponse ?

Il m'arrivait donc de penser et de parler comme Simon. Percevant mon trouble, à son tour embarrassé, Tsarian fit un mensonge pieux :

– Rassurez-vous, je trouve cette remarque très pertinente, parfaitement adaptée à la situation. Voulez-vous que, comme nous en étions convenus dans le parc, nous parlions aujourd'hui d'Israël ?

Je ne comprenais décidément rien à cet homme. Et lui, visiblement, paraissait tout ignorer de mes ressorts intimes. Pourquoi vouloir s'obstiner à divaguer à propos de ce pays ? Qu'avait-il de si singulier ? J'étais né d'une famille juive, et alors ?

– Je vais vous poser des questions simples auxquelles je vous demanderai de me répondre d'instinct, sans réfléchir. Voyez cela à la manière d'un jeu de balle. Je sers et vous renvoyez. Commençons. Si je vous dis, par exemple, « mont des Oliviers ».

– Huile.

– « Terre sainte. »

– Tracteur.

– « État théocratique. »

– Théo Sarapo.

– Pardon ?

– Théo Sarapo, le dernier mari d'Édith Piaf.

– Vous êtes surprenant, monsieur Klein. « Synagogue. »

– Sinécure.

– « Kibboutz. »

– Boots.

– « Circoncision. »

– Mossad.

– Qu'est-ce qui vous fait établir un lien entre cette ablation rituelle et nos services secrets ?

– Je ne sais pas, c'est venu comme ça. Vous m'avez demandé de faire des associations, des rapprochements rapides. C'est la première chose qui m'est venue à l'esprit.

– Saviez-vous que, jusqu'à ces dernières années, votre frère avait travaillé pour cette administration ? Si je vous confie cela, c'est parce que lui-même n'en a jamais fait mystère.

J'ai l'impression que mes yeux sont morts, qu'ils ne bougeront plus, qu'ils resteront à jamais fixés sur le visage doré de Tsarian. Je ne peux pas croire cela.

– À votre expression, j'en conclus que vous l'ignoriez. Il s'occupait, je crois, d'un service qui collectait certaines informations économiques en provenance de l'étranger.

Des événements dont je reparlerai plus tard ressurgissent dans mon esprit : la disparition de mon bagage à l'aéroport Ben Gourion ; cette première nuit si étrange à l'hôtel King David, le soir de mon arrivée ; la facilité avec laquelle mon frère avait retrouvé ma trace au Canada et la façon perverse dont il m'avait ensuite manœuvré. Je ne peux m'empêcher d'y voir l'œuvre d'un professionnel. Je ne dois pas précipiter mes conclusions. Mais l'information que vient de m'apporter Tsarian ne fait que donner plus de poids à la thèse du complot qui, depuis le début, m'obsède.

– Avez-vous déjà eu honte de vos origines juives, monsieur Klein ?

Je ne suis pas en état de répondre aux billevesées d'un psychiatre aveuglé par ses préoccupations nationalistes. J'ai besoin d'un peu de calme. Pour me ressaisir. Et continuer mon travail.

– Vous me quittez déjà, monsieur Klein ?

– Je suis désolé. Ce n'est pas une bonne journée.

– Comme vous voudrez. Mais vous avez beau repousser l'échéance, éluder le problème, il faudra bien qu'à un moment ou à un autre vous osiez regarder l'État hébreu en face. N'oubliez pas que c'est lui qui vous traite en ce moment. Je dirais même qu'il est, à ce jour, la seule entité qui prenne réellement soin de vous. Je vais vous remettre au tableau des perfusions et vous demander de faire un peu plus d'exercice physique. De fréquenter plus souvent notre salle de sport. Astreignez-vous à l'un de nos programmes. Cela vous fera le plus grand bien.

Me voilà à pied d'œuvre. De retour dans mon passé. Tsarian ignore tout de la gymnastique mentale que je m'inflige. L'autre, celle qui met les tendons à contribution, n'est rien en regard des efforts que je demande à mon esprit.

En 1979, après bien des péripéties qui n'ont pas leur place ici, j'obtins donc mon diplôme de météorologue. Cela ne simplifia pas pour autant ma vie, puisque le premier transfert des services de Météo France à Toulouse n'était programmé que pour 1982. Je fus donc embauché comme prévisionniste dans les locaux de l'avenue Rapp, à Paris.

Il fallait désormais attendre que passent les années, en espérant que mes origines méridionales me permettraient de prendre le premier train de mutations pour le Sud. Je garde de cette période un souvenir mitigé. Rien n'allait vraiment mal, mais du bonheur j'avais perdu le goût. Je vivais dans un sentiment général de précarité, qui se traduisait aussi dans le sommaire mobilier démontable que j'avais choisi pour rendre vivable le petit studio que j'occupais à Paris.

Je descendais de moins en moins chez moi. La brièveté de mes séjours sur place, la fatigue de l'attente aux aéroports, l'usure des trajets, tout cela tuait peu à peu le désir de revoir les miens.

J'avais en revanche de longues et fréquentes conversations téléphoniques avec Anna. Par ce moyen de communication, nous réglions à distance toutes sortes de problèmes matériels concernant la maison, la voiture ou les enfants. Au fil du temps, ma femme avait pris l'habitude de se débrouiller seule et me voyais, je crois, comme un lointain technicien travaillant sur une plate-forme pétrolière plantée dans la mer du Nord.

Sexuellement, nous avions perdu nos belles dispositions. Nos accouplements étaient devenus sommaires. L'espace de ces brèves relations, et quelle que fût la position, je remarquais qu'Anna tenait son bras gauche et sa prothèse au plus loin de moi. Avait-elle honte de son moignon, de son manchon de silicone ? Ou bien, par cette ostensible mise à l'écart, voulait-elle me signifier que, entre nous, rien ne serait plus jamais comme avant et qu'il lui manquerait toujours une main pour s'accrocher à moi ?

À l'époque, je n'approfondis pas le sens de cette attitude. Par paresse sans doute, je m'accommodai de la pauvreté de nos pulsions. Je m'y résignai d'autant plus facilement que j'avais rencontré une femme à Paris.

Martina Gendebien était née à Lausanne et portait le nom d'un pilote de course belge, l'un des derniers *gentleman driver* des années 1960. Elle travaillait au service informatique du centre météo qui en était à ses balbutiements en matière de modélisation. Nous nous étions rencontrés au cours des longues gardes de nuit que nous prenions généralement de concert. Peu de gens savent que les météorologues étudient le ciel et travaillent sur leurs cartes atmosphériques vingt-quatre heures sur vingt-quatre. Très vite, cette astreinte fut pour nous une gourmandise. Mariée à un professeur de sciences naturelles, qui, disait-elle, avait une sexualité de paramécie, elle trouvait ces escapades nocturnes délicieusement érotiques. Quant à moi, je ne voyais dans ces jeux que l'aboutissement logique d'une existence qui s'apparentait à celle d'un célibataire.

Bien qu'il prétende les combattre, l'adultère engendre aussi ses propres habitudes. Ainsi, durant notre liaison, je remarquai que nous faisions l'amour pratiquement toujours au même moment, entre une et deux heures du matin, et dans un lieu identique : la grande salle des ordinateurs.

Au cours de la journée, lorsque j'allais chercher des données que fournissait ce service, Martina s'approchait de moi et me murmurait : « Tout à l'heure, je prendrai ta queue dans ma bouche. » Aussitôt une érection me torturait, et je reprenais discrètement ma place derrière mon bureau.

Je ne pense pas que Martina et moi nous soyons vus ailleurs que dans les locaux de Météo France. En cela, notre histoire ressemblait à toutes ces aventures tolérées par les conventions collectives au sein des entreprises. (C'est là un des rares privilèges du salariat.)

Martina était une de ces brunes sensuelles de grand tempérament. De plus, elle aimait parler pendant nos rapports sexuels. Elle s'arrangeait toujours pour avoir un point de vue avantageux sur notre position qu'elle me décrivait à la manière d'un commentateur hippique : « J'ai l'impression que tu galopes en moi. Écarte-toi un peu. Je veux regarder ta croupe et ton sexe qui s'enfonce. Voilà. Maintenant, ralentis. C'est ça. C'est parfait. Continue comme ça. » Martina était ainsi : ardente, précise dans ses comptes rendus, et légèrement directive. Elle prenait autant de plaisir à regarder et à décrire nos ébats qu'à les vivre réellement. Un jour, en plein travail, elle me susurra : « C'est vraiment dommage qu'il n'y ait pas une grande glace dans ce bureau. » Malgré mon désir de la satisfaire, je me voyais mal demander à mon chef de service de faire installer un miroir de complaisance dans ces locaux à usage professionnel. Et ce d'autant qu'une nuit, cet homme, au demeurant charmant, nous surprit littéralement à l'œuvre. C'était un soir d'été, et nous profitions plus que de raison de l'atmosphère climatisée de la salle informatique. Je me souviens que je baisais Martina sur le dos d'un gros ordinateur IBM. Le buste basculé sur l'engin, elle agrippait la machine de ses deux mains et, la tête tournée en arrière, ne quittait pas des yeux le spectacle qui se déroulait dans son dos.

Nous étions ainsi accouplés quand la porte s'ouvrit. C'était notre chef prévisionniste. Il n'avait aucune raison d'être là à cette heure, et sa présence en ces lieux demeure encore pour moi aujourd'hui une énigme.

– J'étais venu chercher des relevés, balbutia-t-il.

Tandis que, pétrifié, j'arrivais à peine à respirer, j'entendis Martina lui répondre le plus sèchement du monde :

– Vous voyez bien que je suis couché dessus.

L'homme marmonna des excuses et quitta la pièce avec les yeux d'un frère convers qui vient de voir le diable.

Indifférente à cette intrusion, Martina se recala confortablement dans sa position et reprit son commentaire là où elle l'avait abandonné, le ponctuant, par instants, d'ordres simples et clairs. Transpirant à grosses gouttes malgré la ventilation, et encore sous le choc de la visite de mon supérieur, je m'exécutai vaguement, sentant à chaque seconde régresser ma vigueur.

– Qu'est-ce qui se passe ? me demanda Martina.

Il se passait ce qui se produit souvent sur les vélodromes, lorsque, confusément, le poursuiteur sent qu'il n'est pas de taille et se résigne lentement à lâcher prise.

11

Quand mes soirées n'étaient pas dévouées à Martina, il m'arrivait de dîner chez William de Moore et sa femme Angela. William présentait la météo sur la chaîne régionale de Paris-Ile-de-France. Il venait souvent au bureau et nous avions tissé peu à peu des liens de sympathie. Il n'entendait rien aux phénomènes atmosphériques, mais possédait une qualité qui faisait parfois défaut aux praticiens compétents : il savait synthétiser les informations et dire clairement l'essentiel d'une prévision en moins d'une minute.

Angela et William étaient un peu plus âgés que moi et vivaient ensemble depuis près de quinze ans. Ils formaient un de ces couples étranges, sans charme particulier, possédant cependant cette grâce visible au premier regard, qui donnait à croire qu'ils étaient destinés l'un à l'autre de toute éternité. Dans le bonheur ou l'adversité, on les sentait soudés, prêts à s'épauler. Au cœur de cet appartement respirant l'harmonie, je pensais à la déliquescence de ma propre vie conjugale et me voyais comme un intrus, un nu chez les nantis.

Si je parle ainsi des de Moore, c'est que leur fréquentation me fit, alors, longuement réfléchir sur la teneur des rapports qu'un homme et une femme peuvent entretenir. Je me demandais si le temps était une colle-ciment ou au contraire un ferment, si l'indulgence gagnait en ferveur ce que les corps et les rêves perdaient en vigueur, si la confiance, l'estime, le respect suppléaient aux métastases de l'ennui et du quotidien. Peut-être, finalement, se résignait-on, après avoir été de jeunes amants, à devenir de vieux amis. Peut-être aussi était-il rassurant de savoir que cette main qui, il y a si longtemps, vous avait dessillé, serait, un jour, celle qui vous fermerait les yeux. L'apaisement venait-il de croire que l'on possédait l'autre, que l'essentiel était acquis et que l'on partageait ainsi une assurance-vie ? Y avait-il un érotisme fécond à retrouver ce corps que l'on savait par cœur, que l'on connaissait comme si on l'avait fait ? Sans doute. Mais à l'inverse, je ne pouvais m'empêcher de penser que ceux qui duraient ainsi ensemble ne s'accrochaient que pour éviter d'avoir à affronter la solitude de leur propre reflet. Comparaître devant la glace, nu, comme un détenu, répondre à toutes les questions que l'on n'a jamais osé se poser, s'examiner, de la peau jusqu'au fond des os, et se juger pour ce que l'on vaut.

Il faut un certain courage pour dresser le compte de ses échecs, de ses déceptions et recommencer quelque chose avec soi-même. Il faut aussi pas mal de vaillance pour déterrer sa dignité, ne pas céder à la panique et faire bonne figure, seul, perdu quelque part au milieu de sa vie.

À l'époque, je ne demandais qu'à croire à la sincérité de ces couples éternels. Je n'avais aucune qualité pour les juger. J'essayais cependant d'imaginer la nature de leur intimité. À quoi songeait-il lorsque, pour la première fois, elle allait uriner en négligeant de fermer derrière elle la porte des toilettes ? Que ressentait-il en entendant ce bruit qui le mettait mal à l'aise et auquel il sentait confusément qu'il allait devoir s'habituer ? Prenait-il soudain conscience qu'une époque de sa vie se terminait, que par cette porte des commodités entrouverte s'était introduite une forme de malheur, de renoncement, que lorsque l'on acceptait de se vider ainsi devant l'autre, c'est que l'autre était déjà oublié, que l'on se sentait presque veuve et résolue à bien d'autres petites morts ?

Et elle, qu'avait-elle en tête en le voyant affalé sur le canapé, désabusé, mal rasé, fatigué, avec son haleine négligée, ses dents usées et ses pupilles lavées de toute passion, rivées sur la télévision ? J'imaginais la voix intérieure de cette femme : « Nous sommes là, toi et moi, en train de regarder des choses misérables, sans nous adresser la moindre parole, oubliant même la présence de l'autre. Si une caméra filmait le vide de nos regards et l'ennui de nos visages, si nous étions ensuite confrontés à notre image sur l'écran, je crois que nous baisserions les yeux de honte et de peur. Oui, nous aurions peur de voir ce que nous sommes devenus. »

J'avais au fond de moi la conviction que bon nombre de couples se parlaient de la sorte, silencieusement, n'échangeant à longueur de journée que des requêtes muettes. Leurs mots ne passaient jamais la barre des lèvres, mais restaient enfouis, entassés comme des pierres au fond de leur gorge. Ils se taisaient parce que la vérité devenait indicible, qu'il était trop tard pour revenir en arrière, accepter de reconnaître que l'on avait fait fausse route pendant si longtemps et accompli tout ce chemin pour rien.

L'essentiel était d'aller loin par n'importe quel moyen. Durer, tenir, s'accrocher à son unique monture jusqu'à user ses flancs. Pour franchir d'inhumaines distances, en serrant les maxillaires comme des marathoniens de la conjugalité, en fermant souvent les yeux, en écartant parfois les jambes. Les couples pouvaient durer ainsi pendant des siècles. Ils possédaient l'aveugle vigueur des pousses de bambou. Ils ne vieillissaient pas, le temps les revigorait. Ils existaient séparément, l'un à côté de l'autre, chacun, bien sûr, rêvant à d'autres.

Tandis qu'à Paris, entre deux saillies avec Martina, je me livrais à de telles considérations, chez moi, dans le Sud, ma tondeuse rouillait, l'herbe poussait, mes enfants grandissaient et Anna m'apparaissait de plus en plus comme une proche parente affectueuse, responsable et méritante.

Je déteste écrire cela. Et c'est pourtant la vérité. La distance qui me séparait de ma femme la rendait irréelle, désincarnée. Il ne me restait que sa voix au téléphone. Sa voix que j'aimais entendre. Juste sa voix.

– Monsieur Klein, c'est l'heure de votre promenade.

– Merci, mais je reste ici.

– Le docteur m'a demandé de veiller à ce que vous preniez de l'exercice. Vous devez faire une sortie dans le parc. Ça ne vaut rien de rester enfermé comme ça dans une chambre.

L'infirmière n'en démord pas. Elle tient à l'application stricte des consignes. Je ne la connais que trop et n'en viendrai pas à bout. Elle est plantée sur le seuil de ma porte. Ses jambes enveloppées dans des bas blancs ressemblent à des jambons de montagne. Je ne suis pas de taille à lutter avec elle.

– Marchez une petite heure. Cela vous fera du bien.

Je quitte ma chambre pour ne plus avoir cette mégère dans le dos, pour ne plus entendre ses injonctions.

Il faudra que je pense à noter trois choses. D'abord que l'étude attentive du couple se rapproche beaucoup du travail de l'entomologiste observant la vie des abeilles. Ensuite, que c'est une illusion de croire qu'un homme et une femme puissent constituer une entité gémellaire ou complémentaire. Au mieux, ils représentent deux forces antagonistes qui se neutralisent. Au pire, une paire bancale où le plus fort phagocyte le plus faible. Je viens d'oublier le troisième point. Peut-être l'idée me reviendra-t-elle en cheminant. Quoi qu'il en soit, je sens que je maîtrise mon affaire, que je progresse en m'en tenant à la stricte vérité des sentiments et des faits.

– Monsieur Klein, il faut que je vous parle.

C'est mon voisin de chambre. Celui qui, la nuit, n'en finit pas de crier.

– Monsieur Klein, vous devez m'écouter. Il se passe ici des choses graves. Certains soirs, on inonde ma chambre. L'eau s'infiltre sous la porte et, à l'intérieur, le niveau ne cesse de monter. Quelqu'un essaie de me noyer. Il agit sur ordre de Tsarian. J'en détiens la preuve. Comment expliquer le phénomène autrement ? Vous n'entendez pas mes appels à l'aide à travers la cloison ?

Que puis-je répondre à cet homme pour atténuer son angoisse ? Les mots ne me viennent pas. Comme l'Autre, sur le mont d'en face, je voudrais avoir le pouvoir de le guérir, de chasser ses tempêtes, en imposant ma main sur sa tête.

– Vous-même, êtes-vous ainsi envahi par la marée ? Constatez-vous au moins un ruissellement, des infiltrations ?

Je viens de me rendre compte que mes réponses ne l'intéressent pas. Il veut seulement parler, avoir un disciple qui l'écoute, l'instruire de son histoire.

– À la nuit tombée, avant d'éteindre la lumière, je prends soin de mettre des serviettes au bas de ma porte. Mais cela n'est d'aucun effet. Le flux est trop puissant. Il emporte tout sur son passage.

Il prend mon bras et nous marchons jusqu'à l'extrémité de la propriété, sur ce promontoire qui toise la colline sacrée.

– Je viens souvent prier ici. Je prie le Seigneur pour qu'il assèche ces marées, pour qu'il me redonne la paix et le sommeil, pour qu'il envoie Tsarian au diable. Je ne veux pas périr noyé.

J'écoute tout cela debout, les mains dans les poches.

Je ne suis plus qu'un homme sec, dans son désert intérieur.

Avant que l'on me serve mon repas et que la nuit tombe, je voudrais évoquer les circonstances de mon retour dans ma ville natale. Je fus muté à Toulouse en 1983. J'avais alors trente-trois ans.

Les premiers mois furent assez difficiles. Je dus me réacclimater à la vie familiale, accepter le fait que mes enfants avaient grandi sans moi et me regardaient, du moins au début, comme un revenant. S'ils me témoignaient leur affection, je remarquais, en revanche, qu'ils ne me considéraient pas comme un interlocuteur valable. Lorsqu'un problème personnel ou matériel survenait, lorsqu'il fallait trancher une question, ils s'adressaient en priorité à leur mère. C'était leur manière de me faire payer ces longues années d'absence.

Anna, pour sa part, se montra plus indulgente. Mais à d'imperceptibles signes d'agacement que je décelais dans son comportement, je sentais bien qu'elle avait encore besoin d'un peu de temps pour s'accommoder de ma nouvelle présence.

Elle était resplendissante. La trentaine lui allait comme une douce fourrure, l'embellissait. Elle possédait toujours cette beauté que la maturité ne faisait qu'affiner. Je pris conscience que la distance m'avait fait oublier ses charmes.

Je sortais d'une longue période d'hibernation. Au bout de quelques semaines, Anna, les enfants et moi formions à nouveau une famille.

De cette époque paisible qui se prolongea jusqu'au début des années 1990, je ne dirai pas grand-chose, sinon que la vie défila sur un tapis roulant. Mes parents décédèrent ainsi qu'on devrait toujours le faire. Ils s'éteignirent du jour au lendemain comme des lampes qui grillent et n'eurent pas à supporter, ou à infliger à leur entourage, le fardeau de la maladie.

Mon père disparut le premier. En travaillant. À l'endroit même où il avait passé sa vie, dans son atelier. Les mains dans un poste. Il eut le temps de trouver la panne, de remplacer l'organe défaillant, de remonter la protection arrière de l'appareil, et, sa besogne finie, s'effondra, comme Édouard, terrassé par une hémorragie cérébrale. Il ne vit rien venir, ni la peur, ni la souffrance, ni la fin. Sa disparition me fit ressentir la place réelle qu'il occupait dans ma vie et mesurer la valeur inestimable de l'héritage qu'il m'avait légué.

Après le départ de son mari, Édith me répéta souvent cette phrase : « Le jour où ton père est mort fut un jour normal pour les autres gens. » Elle semblait à la fois déplorer ce fait et en tirer une leçon sur la vanité de nos vies particulières. Lorsque à son tour elle quitta ce monde, elle choisit de s'en aller comme Éthan, sur la pointe des pieds, en lisant le journal, assise dans son fauteuil. Je la trouvai ainsi, à son domicile, paupières closes. Son visage paraissait serein. Calé dans ce confort éternel, apaisé, tout son corps semblait vouloir me rassurer : « Voilà, c'est aussi simple que cela. Tu mets tes lunettes, tu ouvres le journal, tu lis quelques lignes et soudain, dans ta poitrine, il se passe quelque chose que tu n'as jamais éprouvé auparavant. Tu cherches ta respiration, elle ne vient pas, alors, bizarrement, tu n'insistes pas, tu fermes les yeux. Ce n'est rien, rien du tout. Tu verras. Vis tranquille, sois heureux. »

En revenant de l'enterrement, je m'arrêtai, seul, un moment, dans la maison d'Édith. Je regardai tous ces objets parmi lesquels j'avais grandi et m'assis dans son fauteuil, à sa place. En promenant mes doigts sur le tissu élimé de ce vieux siège, je songeai que, si l'on s'en tenait à l'ordre des choses, j'étais le suivant sur la liste des départs. Dans ma famille, il n'y avait plus personne pour faire écran entre la mort et moi. Sauf peut-être Simon. Mais j'étais convaincu qu'en ce qui concernait ce voyage, mon jumeau ne ferait aucune difficulté pour me laisser partir devant.

Édith et Éthan passèrent aussi discrètement qu'ils avaient vécu. Jamais, d'une quelconque façon, ils ne pesèrent sur ma vie. Ils furent cependant là, présents, attentifs et fiers de transmettre un peu plus qu'ils avaient reçu.

La réclusion à la clinique m'a rapproché d'eux. J'ai retrouvé leur visage et leur voix du temps de ma jeunesse. J'ai retrouvé leur odeur ambrée que je respirais lorsqu'ils me prenaient dans leurs bras. J'ai retrouvé le bruit du démarreur de la camionnette 2 CV d'Éthan et le ronronnement de la machine Singer de ma mère. J'ai retrouvé cette foi, cette loyauté et ces irisations de bonheur, qui brillaient si souvent au fond de leurs yeux.

Ils me manquent.

Pour leurs funérailles, la mère d'Anna ne se déplaça pas. Elle envoya un mot de condoléances et fit porter des fleurs au cimetière. Cette absence ne me surprit pas. Je la trouvai même normale, dans le droit fil des rapports que nos familles avaient entretenus jusque-là.

En dehors de ces deuils, ces années qui me menèrent à la quarantaine furent aussi insouciantes que je l'ai dit.

Je n'ai pas vu le temps passer. Le repas que l'on m'a servi tout à l'heure a refroidi. La salade paraît confite, et, dans le plat principal que j'ai toujours autant de mal à identifier, je discerne une motte de viande prisonnière d'une banquise de graisse gélifiée. Je vais manger un yoghourt et boire un verre d'eau. Et ensuite fumer une cigarette à la fenêtre.

Je n'arrive pas à me faire à l'idée que Simon ait travaillé pour le Mossad. Je suis maintenant certain qu'il a toujours eu mon adresse au Canada, qu'il m'a suivi à la trace depuis le début. Quant à Tsarian, habilement manipulé, il est probable qu'il est intervenu au moment et de la façon que mon frère avait choisis. Je voudrais savoir comment tout cela a commencé. Saisir le mécanisme de cette histoire. Parfois, l'envie me prend de demander une permission afin de rendre visite à Simon, de le surprendre chez lui. Mais cette idée ne dure pas. En revanche, je ne peux m'empêcher de penser que mon jumeau fornique avec Anna, qu'il la baise, qu'ils vivent ensemble, ici, dans cette maudite ville. Je m'expliquerai plus tard sur les raisons qui me font envisager ce cas de figure. Si mes soupçons sont avérés, je voudrais seulement que ma femme sache qu'elle ne fait pas l'amour avec mon double, mais avec mon contraire.

Ce soir, mon voisin ne crie pas. Pour une fois, ses prières ont été exaucées.

Ces journées d'introspection me fatiguent de plus en plus. La nuit venue, je n'ai plus aucune force, je me sens vidée. Parfois, il me semble que je n'ai plus d'âge, que je suis seulement usé.

Le suicide a toujours représenté pour moi une porte de sortie honorable. Serai-je capable d'y faire face, le moment venu ? Je suis à peu près certain qu'une telle éventualité n'a jamais traversé l'esprit de mes parents. Ils n'avaient en tête que de sillonner leur vie comme on laboure un champ, en commençant au début et en s'arrêtant à la fin, lorsque la terre a été aérée dans son entier, lorsque la parcelle, de loin, prend l'apparence d'une gigantesque moquette de velours.

Je viens de prendre une longue douche. Je suis nu devant la glace de la salle de bains. Mon corps est famélique. Mon sexe me fait l'effet d'un objet étrange, d'une protubérance mal venue. L'eau brûlante a rougi sa peau. On dirait une sorte de doigt déformé par un rhumatisme inflammatoire. Je me demande si la queue de mon frère est en tout point semblable à la mienne, si la nature a été assez vicieuse pour nous doter pareillement jusqu'en cet endroit. Cette bite m'aura tracassé toute ma vie. Jamais je n'aurai été en paix avec elle. Mais y a-t-il eu, un jour, un homme, sur cette terre, qui ait pu vivre en paix avec son pénis ? Le mien m'aura fait faire beaucoup de choses et m'en aura interdit quelques autres. Aujourd'hui, il n'est plus rien. Il ne m'effraie ni ne m'impressionne.

12

Il y a longtemps que je n'avais pas dormi de la sorte. Un sommeil d'encre, profond, total. Je suis à ce point reposé et détendu que je ne sens même pas la morsure de l'aiguille de la perfusion que Norma est en train d'enfiler dans mon bras.

– Vous avez regardé le film sur Jackie Kennedy, hier soir ?

– Norma, je vous ai déjà dit que je ne regardais jamais la télévision.

– Vous connaissez mon prénom, monsieur Klein ?

– Il est inscrit en grosses lettres sur votre badge.

– En tout cas, c'était un documentaire magnifique. Quelle grande dame ! Et elle avait du mérite. Surtout que son mari, le président, lui en a fait voir de toutes les couleurs. C'était un sacré coureur.

– Tout le monde court, Norma, tout le monde.

– Vous savez qu'on a été obligé de transférer d'urgence votre voisin à l'hôpital général ? Fracture du crâne. L'infirmière de nuit l'a trouvé inconscient au pied du lavabo. Personne ne comprend comment il a pu se faire ça. Vous avez de petites veines ce matin, monsieur Klein, je n'arrive pas à les saisir. Elles se rétractent entre mes doigts comme les antennes d'un escargot.

Voilà donc pourquoi j'ai dormi si profondément. Parce que cet homme était dans le coma. Et dire qu'il priait pour ne pas périr noyé. Il ne faut jamais rien espérer de la Providence.

Cette fois, je l'ai senti passer. L'aiguille m'a transpercé la peau. Norma ne m'a pas raté.

Je n'ai jamais aimé le café noir. Et pourtant, chaque matin de ma vie, j'en ai bu une tasse. Je serais bien incapable de dire pourquoi. J'ai fait tant de choses, ainsi, machinalement, tant de choses que je n'aimais pas.

J'allume une cigarette, le soleil éclaire ma table, il est encore tôt, j'ai devant moi une longue journée de travail.

Avec les années, le caractère d'Anna se durcit. À l'image des meubles qu'elle dessinait. Leurs formes de plus en plus rigides n'étaient que le reflet de l'humeur inflexible de ma femme. Il lui arrivait de dire tout haut ce que d'autres auraient à peine osé penser tout bas. Son jugement, pour abrupt qu'il fût, était le plus souvent pertinent. Elle s'en prenait fréquemment à notre vie, radiographiant nos fêlures conjugales et posant des diagnostics péremptoires qui, tous, préconisaient l'amputation. À partir de 1990, tous les trois ou quatre mois, elle revenait sur le sujet, affirmait que le couple était un sport pathogène, et la famille, au sens large, plus nocive que l'éther : en conséquence, il était préférable que nous nous séparions. Elle voyait le monde, la politique et la vie avec cette lucidité implacable qui pouvait parfois sembler effrayante pour quiconque ne possédait pas sa clairvoyance. Durant ces années, Anna m'apprit bien des choses sur moi-même. Elle me fit aussi beaucoup réfléchir et cristallisa en moi la culture du doute. Aujourd'hui, avec le recul, je dirais de ma femme qu'elle savait souffrir en silence et tourmenter les autres par ses propos. Elle était, certes, intransigeante, mais possédait aussi cette qualité rare qui me fascinait, à laquelle je tenais plus que tout et qui me faisait oublier le reste : Anna était incapable de simuler. Qu'il s'agît de plaisir ou de bonheur.

Lorsque je relis ce qui précède, j'ai l'impression de donner d'elle une image déformée. Car elle n'était pas qu'un censeur. Elle pouvait se montrer généreuse et aussi extrêmement drôle. À l'image de sa philosophie, son humour était totalement singulier, particulier. Elle possédait un sens aigu de l'observation, qui lui permettait de s'amuser de situations à peine esquissées et de détails qui échappaient généralement au commun des mortels.

J'aurais mauvaise grâce à me plaindre de l'existence que nous menions à l'époque. Notre vie me paraissait même facile, agréable. Elle me suffisait, je m'en contentais. Sans doute étais-je plus lâche et moins exigeant qu'Anna.

Nous voyagions beaucoup, sillonnant plusieurs fois par an l'Amérique d'est en ouest, traversant des paysages et des villes que nos parents n'auraient même pas imaginés. Nous possédions des cartes de crédit, qui nous offraient des lits démesurés, des voitures de location décapotables équipées de boîtes automatiques, des journées de soleil dans le vent de la vitesse, des baignades dans les eaux tropicales de Key West et des avions qui nous servaient des repas chauds à trente-cinq mille pieds. Cela n'était pas grand-chose, mais je me contentais de ces clichés du bonheur.

J'étais fier d'Anna, de ce qu'elle était, de ce qu'elle disait, de ce qu'elle pensait. J'aimais sa manière de se vêtir, de traverser le monde sans s'en laisser conter, j'appréciais ses points de vue critiques et la façon qu'elle avait de tordre le cou aux évidences. Avec elle, je n'étais jamais tranquille, ni certain de quoi que ce soit. Chaque moment de paix, d'équilibre, était par définition précaire. J'avais l'impression de vivre sur un fil avec une antipodiste qui refusait l'aide et le secours du balancier. Au fond de moi, je savais qu'un jour ou l'autre nous tomberions ensemble, et, sans m'en rendre vraiment compte, j'étais prêt à consentir bien des efforts pour retarder le plus longtemps possible le moment de notre chute.

Après presque vingt ans de vie commune, Anna m'attirait plus que jamais physiquement. Avec le temps, notre sexualité s'était, elle aussi, modifiée, gagnant en expertise ce qu'elle avait pu perdre en tendresse. Nos goûts, nos pratiques avaient changé, et, durant nos étreintes, l'exigence l'emportait le plus souvent sur l'indulgence. Quelque chose en nous s'était durci. Ce type de rapports fonctionnels, dépourvus d'affect, me convenait parfaitement. Je me suis toujours senti plus à l'aise dans ce genre de relation, lorsque la quête du plaisir pur récure les sentiments et l'emporte sur tout le reste. J'éprouve les plus grandes difficultés à associer l'amour et le désir. Ces deux états ne me semblent pas compatibles. Le premier ayant généralement pour fâcheuse tendance d'assagir, de domestiquer, de réfréner le second. De ce point de vue, les échanges strictement charnels que j'entretenais avec Martina Gendebien me satisfaisaient pleinement. Sans doute parce que, de par mon éducation, je ne peux concevoir le sexe que comme une faute, un péché où se mêlent l'effronterie, la désobéissance, le vice et, pourquoi pas, le blasphème.

Ainsi, je ne me souviens pas d'avoir connu un plaisir plus intense que le jour où Anna me caressa avec sa prothèse. Je l'ai dit, longtemps ma femme tint volontairement cet embout à l'écart de nos ébats. Et puis subitement, sans que je comprenne le pourquoi de cette modification, cet objet, jusque-là interdit, s'empara de mon intimité et prit une place prépondérante dans ma vie.

Ce moulage de silicone dépourvu d'âme m'apparut alors comme la quintessence de la fornication. Il me manipulait comme jamais des doigts de chair et de sang ne l'avaient fait auparavant. Dès qu'Anna posait cette chose sur moi, je me sentais submergé par une ivresse trouble. À mes yeux, ce manchon n'appartenait à personne. Ce n'était pas ma femme qui me branlait, mais bien la main du diable. Lorsqu'il arrivait à Anna de retirer sa prothèse pour la nettoyer, je regardais cet objet avec des yeux humides de convoitise, les yeux d'un enfant qui contemple la poitrine d'une vendeuse dans une boutique de confiserie.

Anna savait à merveille doser ces plaisirs fétichistes. Elle avait conscience de me tenir en sa possession grâce à un membre qui ne lui appartenait pas, de me ligoter avec du silicone. À n'en pas douter, elle goûtait ces jeux désincarnés. Lorsque, au bord de l'orgasme, mon regard se portait sur elle, je lisais sur son visage ce faire-part érotique : « Tu vois, c'est moi, et pourtant, ce n'est pas moi. »

Il n'y avait aucune trace de grâce dans ces enlacements. Aucune illusion. Seulement la quête désordonnée d'une satisfaction impérieuse. Anna me demandait-elle de lui étreindre la gorge pendant que nous faisions l'amour ? Au début, je m'exécutais d'une main timide, n'osant pas comprimer la carotide que je sentais battre sous mes doigts. Par la suite, sur ses injonctions, je l'empoignais avec la résolution d'un étrangleur et serrais, serrais, jusqu'à ce que sa respiration se réduisît à un râle. Et tout allait bien.

Nous avions besoin de ces simulacres pour parvenir à nos fins. C'était notre commune liturgie. Les derniers temps, il arrivait même qu'une violence soudaine s'empare de nos corps et que nous nous rudoyions plus que de raison, pour nous venger mutuellement de toutes ces années qui n'avaient eu pour seul tort que de s'être écoulées.

J'aimais Anna, je l'admirais, la considérant comme ma femme unique, quelles qu'eussent pu être, par ailleurs, mes escapades libertines. S'il n'avait tenu qu'à moi, j'aurais pu vivre en sa compagnie pendant des siècles. À mi-chemin de ses deux mains. Me laissant, le jour, guider par l'une, et confiant à l'autre, le soir, le soin de me perdre.

Une odeur de choux insupportable remonte des cuisines. Rien ne me dégoûte plus que ce légume. Cela augure mal du repas de midi. Ce remugle culinaire me fait penser que je n'ai encore rien dit de la passion qu'Anna et moi nourrissions pour les légumes.

En vieillissant, nous avions perdu le goût de la viande. En vérité, nous en étions arrivés à détester toute forme de régime carné. Rien à voir avec une quelconque philosophie végétarienne, simplement le goût de la barbaque, un jour, nous était passé. En revanche, je préparais des salades audacieuses qui frisaient l'excellence, tandis qu'Anna mitonnait des plantes potagères suaves comme des pâtisseries. Accompagnées de poissons aussi nobles que l'empereur, la lotte ou la raie, ces assiettes jardinières égayaient nos tête-à-tête. Nous ne suivions pas un régime ; nous ne faisions que flatter notre gourmandise. Je me souviens aussi que, en dépit de ma répulsion pour la viande, j'adorais sentir, en été, les effluves d'une côte de bœuf, qui grillait sur le barbecue d'un voisin. Sans doute ma mémoire olfactive associait-elle cette odeur au parfum de ma jeunesse.

Je ne sais plus pourquoi je me suis permis cette digression. Ah ! si, le chou. Ces remontées insupportables. Quand ce ne sont pas les relents de cette tambouille, qui empestent ma chambre, c'est la puanteur de Jérusalem qui s'engouffre par ma fenêtre. À l'image des hommes, toutes les villes ont des odeurs corporelles particulières. Elles vous saisissent généralement dès que vous sortez de l'aéroport. San Francisco exhale la cannelle ; Paris, le diesel ; Los Angeles, l'intérieur d'une voiture d'occasion ; Miami, la vase iodée ; Madrid, le fromage ; New York, l'encre d'imprimerie ; Toulouse, la terre mouillée. Quant à Jérusalem, elle empeste la morgue, elle dégage un fumet de mort réfrigérée. Trop de religion putréfiée. Trop de tombeaux pour un unique ressuscité.

Me voilà bien loin de mon histoire. Et pourtant à deux pas. Puisque c'est ici que je vis, dans cette piètre Bible, cerné par l'Histoire, exaspéré par la butte d'en face sur laquelle, jadis, poussaient des oliviers. Lorsque tous les matins je me lève, je dois me mettre en tête que je ne pose pas les pieds sur le sol commun, mais bien sur de la terre sainte et promise. En vertu de quoi il faut que je me persuade que Paul Klein peut s'estimer heureux d'être de retour parmi les siens. Même si Paul Klein est malade. Car Paul Klein va guérir. Puisque Israël s'y emploie. Si je conteste cela, si je m'en prends à Dieu comme à diable, si je souhaite la mort de mon propre frère, si, comme l'imbécile, je préfère regarder le doigt plutôt que la lune qu'il me montre, c'est qu'au fond je ne suis qu'un renégat, un demi-juif, un presque *goy*.

En ce moment, je voudrais que mon père soit à mes côtés. Je voudrais l'entendre me dire : « Ce qu'il faudra de choses nouvelles pour remplacer les précédentes. » Je voudrais lui offrir un strudel. Et être son fils unique.

13

En 1992, j'ai été nommé chef prévisionniste au service central d'exploitation de la météorologie de Toulouse. J'étais alors un homme tout-puissant, une sorte de maître du temps. Celui qui, en dernière instance et au vu de toutes les informations mises à sa disposition, décidait de quoi demain serait fait. Vent ou nuages, soleil, pluie ou grêle, tout passait par moi, le ciel entier tenait sur mon bureau.

Il est souvent bien venu de se moquer de notre métier. Je remarque que je viens d'écrire « notre métier », alors que je n'exerce plus. Je me désintéresse des saisons. Je ne sais plus lire la course des altocumulus ou des cirrostratus. Bien que coupé de tout cet univers, j'aime me souvenir que j'ai travaillé si longtemps sur du vide, sur du rien, des masses d'air. J'en éprouve encore une grande fierté.

Peu de gens connaissent la teneur réelle de notre ouvrage. Prévoir le temps est une tâche beaucoup plus méthodique et rationnelle qu'on ne le croit. À Toulouse, avenue Coriolis – la loi du même nom m'avait toujours semblé être une friandise pour l'esprit –, dans ce centre, dessiné comme une base spatiale, avec ses cocons de recherche spécifiques, nous œuvrions tels des cosmonautes des champs voués à la mécanique des fluides.

Lorsque j'étais en activité, chaque jour, à minuit GMT, toutes les stations du globe procédaient à une observation de l'atmosphère. Un quart d'heure plus tard, ces résultats codés et transformés en données informatiques, ces synthèses provenant de tous les azimuts, entraient dans notre calculateur Cray C98 capable de traiter huit milliards d'opérations par seconde. Les entrailles de cette machine magique digéraient les bulletins, analysaient chacun de leurs paramètres, dégageaient une évolution et restituaient une image prévisionnelle aussi pure que du cristal. Lorsque j'entrais en possession de ces schémas, j'éprouvais, à chaque fois, le sentiment de vivre dans l'avenir, d'observer un état du monde, qui n'existait pas encore, mais qui, demain, à n'en pas douter, serait.

J'aimais aussi savoir que toutes les stations de la planète collaboraient à une œuvre commune, qu'elles étaient dépendantes les unes des autres et que l'on ne pouvait raisonnablement calculer le temps qu'il ferait à Dieppe si l'on ignorait l'état du ciel à Buenos Aires. Lorsque quelque chose bougeait en Argentine, tôt ou tard, cela avait des conséquences chez nous. L'atmosphère était une, globale. Si l'on pouvait examiner séparément chaque fragment de cette calotte, il était nécessaire à un moment donné, pour en savoir plus, de reconstituer tous les morceaux du puzzle.

Ce travail impalpable m'est toujours apparu comme un exercice d'humilité. Lorsqu'il m'arrivait de démonter les engrenages de cette mécanique céleste, je mesurais à quel point le monde pouvait être grand, et l'homme, lui, en revanche, un petit monsieur. Dans cet observatoire, devant mon tableau de bord, ma tâche était incommensurable, intimidante : je devais interpréter d'une seule traite une partition bigarrée, composée quelques minutes auparavant aux quatre coins du monde. Je devais utiliser les mathématiques, mon expérience, mais aussi ma sensibilité pour anticiper un imprévisible caprice climatique, calculer autrement que le Cray, flairer l'aberration.

Lorsque j'entrais dans cette zone de doute, j'oubliais un instant le modèle mathématique pur, faisais appel à ma mémoire d'homme, avant de me laisser guider par une sorte d'intuition quasi animale.

Le jour où j'ai pris ce poste, mon directeur, un homme brillant, vif, énonçant clairement les choses, me dit : « Paul, vous êtes la seule personne qui a, ici, le droit de se tromper. » À première vue, cette observation semblait plutôt rassurante. Mais si l'on y réfléchissait de plus près, elle vous glaçait les sangs.

Le service auquel j'appartenais ne se contentait pas de produire des bulletins météorologiques ; il fournissait également des éléments d'information aux agronomes, à la protection civile, à EDF, aux pompiers. Et comme l'étude de l'atmosphère prend aussi en compte l'état des océans, nous étions en mesure, sur simple demande, d'optimiser la route des grands cargos naviguant sur les mers. Quant aux avions, nous les guidions au plus haut des cieux puisque nous établissions tous les dossiers météo des vols en partance pour l'Europe, le Moyen-Orient ou l'Afrique.

Parfois, lorsque je me retrouvais aux commandes de cette incroyable machine, lorsque le ciel s'en allait dans tous les sens et poussait le Cray C98 dans ses derniers retranchements, il m'arrivait de repenser au rire méprisant de mon beau-père le jour où je lui avais avoué le métier auquel je me destinais. Je crois que s'il avait été à ma place dans ces instants-là, quand tout semblait aller de travers, quand je me retrouvais avec des tankers et des jets sur les bras, un front froid dans le dos et des cumulonimbus qui me tournaient autour, je suis convaincu qu'Édouard Baltimore, l'homme qui ne doutait de rien, aurait tâté de l'incertitude.

S'il n'y avait eu mes orages conjugaux, je peux affirmer qu'aujourd'hui je serais encore sur mon siège tournant, au bout de la grande salle, face à mes écrans. Et que j'accepterais comme un honneur d'être la seule personne à avoir le droit de se tromper.

J'ai quitté cet univers du jour au lendemain. Les satellites défilant, les géostationnaires, les radars, les radiosondes. J'ai abandonné les « images visibles », les clichés infrarouges, les thermographes, les hygrographes, les anémomètres. J'ai perdu le contact avec les bases de Santiago, du Cap, de Seoul, je me suis détaché des zones marines, Fisher, Utshire, Viking, Dogger, Sole, Ouest Sardaigne, Cap Finistère. J'ai tout oublié du système Opéra, cette modélisation de l'océan Atlantique intertropical ou du Fastex, cette expérience sur le « rail » des dépressions atlantiques. Finis aussi mes rêves d'Altiplano. Je m'amuse souvent à penser que je suis un météorologue pris dans la tourmente d'une dépression. Face à moi, devant ses cadrans théoriques, confronté à la cartographie de mes pensées, Arie Tsarian observe ce désordre, ces tourbillons dans ma tête. Il réfléchit un instant, puis dit à l'infirmière : « Demain, vous le remettrez sous perfusion d'Aldol. » Il fait son choix. Je ne lui en veux pas. Lui aussi, à son poste, est le seul à pouvoir se tromper.

Évidemment, ils m'ont servi du chou. J'ai refusé le plateau. Mais j'ai encore cette puanteur dans le nez.

Je fais quelques pas dans la pièce. Il est quatorze heures. Si j'arrive à travailler sur ce rythme jusqu'à la tombée de la nuit, je serai amené à aborder bientôt ma séparation d'avec Anna. Ce n'est pas sans appréhension que je me lance dans cette partie de mon récit. Il va falloir que j'écrive des choses pénibles, des choses qui m'ont blessé. C'est la règle. Mais que vient faire Tsarian dans ma chambre à une heure pareille ?

– Je ne vous dérange pas trop, monsieur Klein ? Puis-je m'asseoir un instant ? Voilà, nous venons de recevoir deux nouveaux appels pour vous. L'un émanait de vos enfants, l'autre, du Canada. Malgré l'insistance de ces personnes et en dépit de notre propre embarras, nous nous sommes, une nouvelle fois, conformés aux dispositions que vous avez arrêtées. Désirez-vous toujours les maintenir ? Refusez-vous toujours de parler à quiconque ?

– Je ne vois pas ce qui pourrait me faire changer d'avis.

– Le chagrin que vous causez à ces proches.

– Si j'ai choisi de leur infliger ce léger tourment, c'est justement dans le but de leur en épargner un bien plus grand.

– Que voulez-vous dire ?

– Je me comprends.

– Monsieur Klein, vous ne pouvez pas passer le restant de votre vie à vous comprendre tout seul.

– Je crains que si, monsieur Tsarian.

– Vous êtes un patient très difficile. Vous ne m'aidez pas. Vous régressez volontairement. Si vous ne vous ressaisissez pas, je dois vous dire franchement que je serai obligé de prendre des dispositions thérapeutiques plus radicales.

– Qu'entendez-vous par là ?

– Je me comprends, monsieur Klein. Comme vous. Je me comprends.

C'est une menace à peine voilée. J'ai tout de suite saisi à quoi Tsarian faisait allusion : les séances d'électrochocs. Je sais qu'elles sont de mise dans certains cas de dépression mélancolique. Je connais un patient qui a reçu un certain nombre de décharges. C'est un Russe d'une cinquantaine d'années, qui vit à l'étage en dessous et refuse obstinément de parler de son expérience.

Je me suis un peu documenté sur le sujet et je puis affirmer que l'on ne me fera jamais subir cette humiliation imaginée par Cerletti et Bini en 1936, même si l'anesthésie préalable, le penthiobarbital et les curarisants de synthèse, aident à supporter les spasmes causés par la décharge. On ne me fera pas serrer un bout de caoutchouc entre mes dents. On ne m'infligera pas la moindre convulsion. On ne court-circuitera pas mes pensées de la sorte.

J'ai parfaitement le droit de compliquer la vie professionnelle de mon thérapeute. Je ne mets pas mon intégrité en danger, pas plus que je n'attente à celle d'autrui. Tsarian ne peut prétendre vouloir normaliser mon existence au prétexte de rassurer la sienne. Je ne voyais pas cet homme doté d'un caractère aussi rigide. Il me semble incapable d'assumer l'échec. Sur ce chapitre, il ferait bien de me consulter.

– Je vous laisse réfléchir, monsieur Klein. Pensez à vos enfants. Vous avez encore des devoirs envers eux.

– Je ne reviendrai pas sur ce que j'ai décidé.

Pour un homme de sa caste, je trouve Tsarian bien sanguin. Ma réponse l'a irrité et il n'a pu se contrôler. Après s'être levé de son siège, il a tourné les talons du pas nerveux de l'amant éconduit et vexé. Tout cela n'a guère d'importance.

Me revoilà seul à ma table. Je pense à Clarice et Quentin. Ce sont maintenant des adultes sveltes, pleins de charme et de vie. Je les vois descendre l'allée du jardin jonchée de feuilles. Ils sont venus dîner à la maison et rentrent chacun dans leur appartement. Nous sommes vers la fin du mois d'octobre 1993. C'est au printemps que, simultanément, nos enfants nous ont quittés pour prendre leur indépendance dans des logements de surfaces modestes, d'ailleurs largement subventionnés par l'aide publique.

Même si je n'en montrais rien, leur départ ne me laissa pas indifférent. Il signifiait un nouveau terme dans ma vie, la fin d'un cycle. Dans un traité consacré à la *mid-life crisis*, je me souvenais d'avoir lu qu'il arrivait fréquemment, en pareille circonstance, que des parents eussent à connaître un moment de dépression désigné par les spécialistes sous le nom de syndrome du nid vide. J'avoue que je redoutais un peu cette période transitoire, ce huis clos à l'intérieur duquel Anna et moi allions désormais devoir évoluer tous les soirs. Il nous fallait réapprendre à nous comporter comme mari et femme, ne compter que sur l'énergie de nos conversations pour briser le silence qui profitait du moindre répit pour s'engouffrer dans toute la maison.

Mais dans un couple il ne suffit pas de parler, encore faut-il s'entendre. L'absence des enfants nous obligea à nous regarder, et surtout à nous accepter tels que nous étions. Tels que le temps et les habitudes nous avaient déformés. C'est cette nouvelle vision de nous-mêmes, je crois, qu'Anna ne supporta pas. À partir de cette époque, elle se montra intransigeante, agressive, critique. Nos points de concorde l'indifféraient. Elle ne s'attachait qu'à nos carences, comptabilisant chaque fêlure de notre vie présente et passée. Bref, elle ne cessait d'instruire à charge. Si toutes ses observations étaient fondées, elles ne traduisaient jamais que la vision de l'accusation. Dans ce rôle, Anna Baltimore se montrait la digne héritière de son père. Tous ses réquisitoires se concluaient de la même manière : « Nous n'avons plus rien à faire ensemble. » Ces mots tombaient comme un couperet qui, à chaque fois, me fendait le crâne en deux.

Je détestais entendre ma femme dire une chose pareille. Le silence qui suivait ce constat sans appel pesait sur moi, et je nous voyais soudain pareils à deux branches mortes rattachées à un tronc creux.

Durant ces audiences expiatoires, Anna n'hésitait pas à s'asseoir à mes côtés sur le banc des accusés. C'était la marque de sa lucidité, le signe de sa loyauté. Oui, il lui arrivait souvent de requérir contre elle-même. Dans le meurtre de notre couple, il n'y avait pas de coupable désigné. Tout ce gâchis, ce crime commis au jour le jour, n'était à ses yeux que la conséquence du piètre labeur commis par deux malfaiteurs associés.

Je ne participais que très rarement à ces duels. Sans doute parce que j'avais encore l'espoir de sauver nos têtes, de convaincre ma femme de nous acquitter au bénéfice du doute ou au moins de nous accorder un répit probatoire. J'avais tort.

Je ressentis physiquement le poids de ma défaite le jour où Anna m'avoua, au bout de toutes ces années communes, ne pas savoir quel genre d'homme j'étais vraiment. Sinon qu'elle me suspectait grandement d'appartenir à la race des fuyards, cette espèce largement répandue qui préfère s'écarter de la réalité pour n'avoir jamais à l'affronter.

Peu de temps après, ma femme me fit un second aveu qui me mit les larmes aux yeux : « Depuis que nous sommes ensemble, j'ai l'impression de n'être plus moi-même, d'exister à contre-vie. » Je ne savais pas exactement ce qu'elle voulait dire par là, ni en quelles occasions j'avais contrecarré ses aspirations. Mais j'étais hanté par l'idée d'avoir contrarié son épanouissement sans m'en rendre compte, pendant si longtemps. Et lorsqu'il m'apparut que cette femme exigeante en tout point s'était pourtant lentement résignée à faire le deuil de son bonheur au nom de je ne sais quel contraignant tutorat, je compris à mon tour que, malgré mes certitudes, j'ignorais presque tout d'elle.

Je croyais Anna bâtie pour affronter la lumière alors qu'elle était sombre comme la tombe où reposait notre jeunesse. Il y avait en elle une part de fragilité et de désespoir que je n'avais su déceler. L'expert capable de décrypter les humeurs fluides de l'atmosphère était passé à côté des orages de son propre ménage. Je découvrais avec effarement que je connaissais mieux les microclimats andins que le cœur de ma femme, que j'avais passé plus de temps dans le ciel qu'auprès d'elle, sur la terre. J'avais fait fausse route, et pourtant j'étais le seul à ne pas avoir le droit de me tromper.

Je n'en voulus jamais à Anna de me révéler si tard ce qu'elle ressentait, sachant que toute la loyauté du monde ne permet pas d'exprimer l'indicible. À dater de cette soirée, nous fîmes chambre à part. Et le manchon de silicone se cantonna à des tâches ménagères. C'est ainsi que, pour la seconde fois, mourut la main d'Anna. Nous vécûmes ainsi, tel le frère et la sœur, sans animosité, pendant près d'une année, partageant un hiver, des dîners et autant de soirées. Je me résolus à cette séparation de corps comme on se soumet à un régime dont on espère quelques bienfaits. Malgré tout ce qui m'avait traversé, ce que j'avais entendu et compris, j'aimais encore Anna. À ma façon. Têtue.

Et puis un jour qui ressemblait aux autres, elle mit brutalement fin à notre compromis. Nous étions sous la véranda, il n'était pas loin de midi. Elle m'annonça son départ et notre définitive séparation. On ne pouvait, disait-elle, continuer ainsi à se torturer tendrement. Puis elle ajouta :

– Depuis que l'on est installés dans cette maison, je me sens prisonnière. Je ne sais pas exactement de quoi. Mais la seule chose dont je suis sûre, c'est que je ne veux pas mourir ici.

Vingt ans plus tard, sur cette même terrasse, elle m'assommait avec les mots de mon propre frère.

– Il me semble entendre Simon.

– Tu aurais peut-être dû l'écouter plus souvent.

– L'écouter plus souvent ?

– Oui.

– Et c'est toi qui me dis ça ? Mais qu'est-ce que j'aurais dû faire, bon Dieu ? Me mettre à pêcher les truites au lancer, échanger des mouches avec ton père tout en te traitant de *shikse* et en vomissant les *goyim* ?

– Ton frère n'était pas que cela.

– Qu'est-ce que tu sais de ce con ?

– Qu'en apparence, il est ton double, alors qu'en fait il est unique puisqu'il te possède.

J'eus l'impression que mes veines charriaient du limon, de la vase tiède. Anna entra dans la maison. Le silence qui suivit fut tel que je pouvais entendre le bruissement des insectes qui, autour de nous, dans l'herbe, continuaient leur vie sur cette terre.

14

Le soir tombe lentement. Contrairement à mes habitudes, je suis allé faire quelques pas dans le jardin en fumant une cigarette. Les bruits lointains de la ville remontent jusqu'à moi.

Somme toute, ma narration me pose moins de problèmes que je ne l'aurais cru. J'appréhendais de devoir écrire ce qui précède, de revivre ces moments pénibles. J'y ai survécu.

D'autres scènes éprouvantes m'attendent, je le sais. Mais à chaque jour suffit sa peine. Je pense avoir eu raison de ne pas rapporter la teneur de mes dialogues avec Anna. Plus j'y repense, plus je suis persuadé qu'ils n'avaient leur place que dans notre bouche.

J'ai du mal à croire ce que je viens d'apercevoir au bout de l'allée. Au milieu du gravier, je vois une femme accroupie en train de déféquer. Je la connais. C'est une pensionnaire lunatique de la clinique. Il m'est arrivé de la croiser à plusieurs reprises dans les couloirs. À chaque fois, elle devisait avec un compagnon imaginaire qu'elle ne semblait pas ménager. Ses yeux ronds, plats, son visage luisant, profilé, évoquent la tête d'un thon.

Je suis trop près d'elle pour rebrousser chemin. Elle me regarde en souriant. Tout en faisant ses besoins, elle laisse ses doigts jouer avec le gravier. On dirait une enfant qui s'ennuie.

– Vous avez vu ça ?

Sans modifier sa position, les fesses calées vers l'ouest, elle me désigne dans son dos un étron sans fin, rectiligne, d'une inhumaine perfection.

– C'est moi qui l'ai fait.

Le bonheur communicatif de cette femme qui semble si fière de son œuvre a dissipé ma gêne initiale, et je finis par m'amuser de l'incongruité de ce bâton d'excrément.

– Je l'ai fait toute seule. Vous devriez aller chercher le docteur. Ça l'intéresserait. Il verrait que je suis en progrès, que le traitement me réussit, que je vais mieux. Vous aussi, vous allez mieux. Tous, nous allons mieux.

La lumière du couchant dore la scène, lui confère une patine flamande. Je continue ma promenade après avoir salué l'artiste. On trouve toutes sortes de gens dans cette clinique. Ceux qui pèlent leur vie. Ceux qui mangent du chou. Ceux qui, la nuit, se noient. Et ceux qui cajolent la crème de leur ventre.

Le repas était aussi appétissant que l'œuvre exposée tout à l'heure dans le jardin. Comment peut-on cuisiner des horreurs pareilles ? Cela me paraît inconcevable. Tous les aliments baignent invariablement dans le même fond de sauce, davantage conçu pour lubrifier la déglutition que pour flatter le palais. Je vais essayer de dormir.

Depuis que j'ai éteint la lumière je revois le visage d'Anna. Elle me regarde avec quelque chose de brillant dans les yeux. Le battement de ses cils fait danser quelques mèches de sa frange. Elle dit des mots que j'imagine tendres, mais que je n'entends pas. Sa main de synthèse vient du fond de la nuit, se glisse à travers les barreaux de la fenêtre, écarte les draps et, à la façon d'un oiseau migrateur, se pose sur mon entrejambes.

Ce matin, je me suis réveillé en sursaut. Je faisais un rêve. J'étais nu, face à un médecin qui m'examinait. Il me palpait longuement, faisait rouler mes ganglions entre ses doigts, avant de s'attarder sur mes articulations endolories. Poursuivant sa recherche, il me disait : « Vous avez maigri, monsieur Klein. Les adénopathies vous rongent. On s'allège toujours vers sa fin. »

Le café est brûlant. Le temps qu'il refroidisse, je tente d'oublier ce songe et de clarifier mon esprit afin de pouvoir travailler sereinement.

Je me souviens très bien de la soirée du 25 décembre 1994. Elle préfigura ce qui m'attendait au cours des mois suivants. Anna avait invité les enfants à dîner dans son nouvel appartement. Pour la première fois de ma vie, je me retrouvais seul une nuit de Noël. Après avoir mangé des haricots verts à même leur boîte, j'avais enfilé une canadienne et bu longuement du café, assis sous la véranda. Jusque-là, avec leur rituel infantile, leur bigoterie, leurs pieux réveillons de mauvais goût, les fêtes de fin d'année m'avaient toujours exaspéré. Les cadeaux, les vœux, me mettaient mal à l'aise, tout autant que ces ripailles familiales durant lesquelles, la boisson aidant, on finissait par se révéler, souvent, bien pire qu'on ne l'était vraiment. Pourtant, cette fois-là, dans le froid de ma solitude laïque, j'aurais donné n'importe quoi pour que les miens surgissent sur le coup de minuit, les bras chargés de présents et de fleurs coupées, pour qu'ils me serrent dans leurs bras chacun à leur tour en me souhaitant une longue, une belle vie. On aurait activé les lumières dans toutes les pièces de la maison et allumé du feu dans la cheminée. Ensuite, rassemblés autour du foyer comme des chiens de chasse fatigués d'avoir trop musé, nous aurions apprécié ce bon temps, le sirotant à petites lampées.

Vers vingt-trois heures, les enfants m'appelèrent du domicile de leur mère et proposèrent de faire un saut chez moi. Je les remerciai pour cet exercice de charité, mais, gentiment, déclinai leur offre. Drapé dans un plaid écossais que je tenais de mes parents, je m'endormis sur le canapé en écoutant la radio.

Au début de l'année, Anna prit de mes nouvelles. Bien qu'elle m'appelât de l'autre bout de la ville, elle se montra si distante, si froide que sa voix semblait provenir de la lune. Loin de me réconforter, cette communication me remplit de tristesse. Je ne comprenais plus rien à ma vie et aux sentiments profonds de ceux qui l'avaient partagée. Je doutais de ma propre réalité, de mon visage et aussi de mes prévisions. Tout m'échappait. Les analyses de synthèse que j'établissais autrefois en quelques minutes me prenaient maintenant des heures. Je me sentais obligé de vérifier cent fois les mêmes rapports, de prendre des avis, de demander conseil au premier venu. L'atmosphère, que j'avais jusque-là considérée comme une partenaire, une alliée complice, m'apparaissait désormais insaisissable, fourbe, hostile. Et le soir, de retour dans mon foyer glacial, je m'asseyais devant la télévision en attendant que le sommeil me prenne.

Je vécus ainsi jusqu'à la mi-mars, date à laquelle mon directeur me demanda de représenter le centre à un congrès météorologique sur les ouragans, qui se tenait à Montréal. Sans doute en raison de ma situation, ce voyage d'agrément au cœur de l'hiver canadien prit, dans mon esprit, les allures d'une redoutable expédition polaire. Je tergiversai plusieurs jours avant de donner finalement mon accord.

Je fis mon bagage sans entrain. Le matin du départ, en parfaite osmose avec les sentiments qui m'habitaient, ma voiture refusa de démarrer et c'est en taxi, piloté par une sorte de gros ambulancier renfrogné, grossier et mal rasé, que je me rendis à l'aéroport.

Je fis une courte escale à Paris avant de prendre un avion d'Air Canada à onze heures quarante. Outre l'horaire, je me souviens aussi parfaitement du numéro du vol, AC871, et ce pour une raison assez prosaïque : ces chiffres sont aussi les trois premiers nombres du code de ma carte de crédit.

Lorsque le McDonnell-Douglas s'extirpa de la gangue nuageuse, une lumière radieuse, pleine de promesses, inonda la cabine. Revigoré par ce nouvel éclat, mon voisin, jusque-là réservé, me posa une de ces questions stupides que, à n'en pas douter, l'altitude favorise :

– Vous prenez souvent l'avion ?

La suite de sa conversation ne fut guère plus brillante.

– Vous allez au Canada pour affaires ?

– Je me rends à un congrès de météorologie.

– C'est votre métier ? Alors vous allez pouvoir nous dire sans peine le temps qui nous attend là-bas.

Je ressentis ce que doit éprouver un médecin quand, au détour d'une soirée, un inconnu tente de lui extorquer une consultation gratuite. J'adoptai un ton laconique, à l'extrême limite de la courtoisie.

– Du froid et de la neige.

– Je vous demande ça, mais, dans le fond, je me fous complètement du temps qu'il va faire. Je ne regarde jamais les bulletins météo à la télévision. Ma femme, c'est le contraire. Toujours pendue au poste. Et vous ne le croirez pas mais, chaque soir, elle prépare ses vêtements pour le lendemain en fonction de ce qu'elle a entendu aux informations. Ils annoncent un coup de froid ? Avant d'aller se coucher, je la vois sortir ses bottes d'hiver. Remarquez, ça ne fait de mal à personne. C'est quoi, votre travail, exactement ?

– Les prévisions.

– Ça doit pas rigoler tous les jours. Le temps, c'est comme les chevaux, j'imagine. Changeant, capricieux, bordélique. Moi, les courses, c'est ma vie. Je connais tous les bourrins de père en fils. Et pourtant, je m'estime heureux quand j'en touche trois dans le désordre. C'est un peu comme dans votre partie, on n'est jamais sûr de rien. Vous croyez avoir de bons tuyaux et vous annoncez qu'il fera soleil. Manque de pot, le lendemain, il tombe des clous. Les Britanniques, ils disent « des chats et des chiens ». Je vous dis ça parce que ma belle-sœur emploie toujours cette expression. Et elle est anglaise. Il lui manque un bras. Cancer de l'os. Mon frère est vachement patient avec elle. On est jumeaux, tous les deux. Soudés comme tenon et mortaise. À la naissance, comme disait ma mère, il a fallu nous séparer au burin. Ça n'a pas l'air d'aller fort, vous.

Une nausée brutale m'envahit, et, le visage enfoui dans un sac hygiénique, pour la première fois en avion, je vomis ma propre vie.

Pour embarrassant qu'il fût, ce spasme digestif mit un terme définitif aux élucubrations de mon voisin. Durant le restant du voyage, j'inclinai le dossier de mon siège et me réfugiai dans une somnolence qui devait plus à la honte qu'à la fatigue. Lorsque l'avion s'immobilisa sur la piste de l'aéroport de Mirabel, je quittai ma place sans un regard pour ce rustre qu'un hasard facétieux m'avait fait côtoyer. Tandis que je patientais dans le couloir menant à la porte avant, je sentis que quelqu'un glissait quelque chose dans ma poche.

– C'est mon numéro à Montréal. Si vous avez besoin de quelque chose, appelez-moi. Entre turfistes, faut bien s'entraider. Pour votre estomac, croyez-moi, tapez-vous une bonne Molson en arrivant. Ça remet de l'ordre là-dedans.

J'avais une chambre réservée au dix-huitième étage d'un hôtel confortable. C'était en réalité une petite suite dotée d'un coin salon et d'une kitchenette. De mon appartement haut perché, je toisais les hauteurs du parc Mont-Royal d'où émergeaient les austères bâtisses de l'hôpital Shriners. Sous un ciel livide, la ville semblait recouverte d'un glacis.

De gros flocons de neige s'entassaient sur mon balcon. Au sommet de ma tour, debout face à l'hiver, j'écoutai le bruit sourd des battements de mon cœur. C'était à peu près la seule chose qui vivait encore en moi.

Je ne savais pas ce que je faisais dans cette ville. Le destin, une fois encore, n'allait pas tarder à me l'apprendre.

15

Le lendemain, le ciel s'était éclairci. Le thermomètre extérieur de l'hôtel affichait une température de moins douze degrés Celsius. C'est à pied, en respirant cette brise glacée, que je descendis la rue Sainte-Catherine jusqu'à l'amphithéâtre du McGill College où se tenait notre congrès.

Je pénétrai dans la salle au moment où un intervenant scandinave présentait une communication intitulée *« Tropical Intensity Analysis Using Satellite Data »*, accompagnée d'images aériennes de cyclones en formation.

Un ouragan naît de la conjonction de plusieurs phénomènes : une température de l'océan supérieure à vingt-six degrés Celsius, des conditions atmosphériques instables et un taux d'humidité supérieur à soixante-dix pour cent. Lorsque tous ces paramètres sont réunis, il ne reste plus qu'à laisser agir la force de Coriolis. Engendrée par la rotation terrestre, c'est elle qui enclenche le mouvement tourbillonnaire initial. Progressivement, la masse nuageuse se transforme en une immense tondeuse tropicale qui se met en branle. Et ses vents, tranchants comme des lames fraîchement aiguisées, se chargent de mettre la nature en coupe réglée.

Au centre de Toulouse, grâce aux images que nous recevions par satellite, j'avais souvent suivi la marche de ces monstres. Je me souviens de la sarabande de Hugo qui, entre les 10 et 20 septembre 1989, terrorisa les Caraïbes avant d'aller mourir sur les plages de Caroline du Nord.

Plus récemment, Andrew, à la manière d'une bombe atomique, avec des vents de près de 300 kilomètres à l'heure, avait soufflé toute la pointe de la Floride. Mais cela n'était rien à côté du récit que me fit, il y a quelques années, à Miami, un marinier du nom de Charles Van Vechten. Cet homme fatigué, qui aujourd'hui attend la mort sur une terrasse de Collins Avenue, était passé au travers du plus violent des ouragans qu'eût à connaître l'Atlantique. Il s'était abattu sur les Keys d'Islamorada et de Tavernier, le jour de la fête du Travail, en 1935. Vers vingt heures, à Long Key, la pression barométrique était tombée à 26,35. Des vagues de plus de dix mètres d'une couleur gris acier commencèrent à déferler, puis ce fut l'enfer. Quand le jour se leva, racontait Van Vechten, les hommes, les maisons et même la végétation avaient disparu. Les vents de 360 kilomètres à l'heure avaient tout balayé. Un peu plus bas, dans la zone, un train entier de la compagnie Henry's Flager Overseas Railroad avait été renversé comme un fétu de paille. On retrouvait des bateaux au milieu de l'île, des gens dans les arbres, empalés sur des branches, et d'autres, décapités par des tôles. Plus tard, on apprit que la tempête avait pris quatre cent huit vies.

Malgré la frayeur qu'inspirait ce récit, j'avais toujours rêvé de me frotter à un de ces monstres. D'essuyer les pressions dantesques des bourrasques. De sentir ce souffle sur mon visage, comme lorsque j'étais enfant et que je mettais ma tête à la portière tandis que la voiture paternelle frisait les cent à l'heure.

Jusque-là, je n'avais approché cette apocalypse qu'à travers d'abstraites images d'altitude séquentiellement animées. Vu de ces hauteurs, l'ouragan prenait les apparences d'une lame circulaire de débroussailleuse arasant l'océan. Mais on n'entendait rien des hurlements douloureux que poussait la vie lorsque ces dents déchaînées la déchiquetaient.

À la fin du rapport de l'intervenant suédois, je sortis de la salle pour fumer une cigarette à la cafétéria. Je l'ignorais encore, mais quelques heures plus tard, dans cette même pièce, j'allais me retrouver face à un cyclone d'une autre nature, qui allait bouleverser mon existence.

La perfusion. Mon nom sur le flacon. L'aiguille. La veine qui se défile. Norma et sa télévision. Si ce n'était mon travail, j'aurais l'impression de revivre indéfiniment la même journée. L'hôpital est une manufacture d'habitudes. Molson. Je pense à la bière Molson que me recommandait mon voisin dans l'avion. Molson. Ce n'est pas un nom de boisson. Ce patronyme évoque plutôt pour moi une aciérie ou une raffinerie. Ou un cabinet d'avocats. Molson & Molson. Il faut bien que je passe le temps. Ce liquide n'en finit pas de s'écouler en moi. Le goutte-à-goutte du bonheur. C'est ainsi que Norma a baptisé ce supplice.

Je me demande comment Simon endurait ces séances. Il devait fermer les yeux et somnoler. Mon frère a toujours eu le pouvoir de s'endormir instantanément, n'importe où, dans n'importe quelle circonstance. C'est là, paraît-il, la marque des chefs de meute. Jamais je ne mènerai une troupe. Je suis toujours entré dans le sommeil à la façon d'un baigneur réticent saisi par la fraîcheur de l'eau.

Tout à l'heure, Tsarian, l'Histoire, la mansuétude d'Israël, mon ingratitude, bref, la petite musique rituelle de notre entretien. Je ne veux plus de cette aiguille dans mon bras. Je voudrais l'expulser de ma veine.

– Avant de pousser plus avant notre échange, permettez-moi, monsieur Klein, de vous poser aujourd'hui une question, disons, personnelle. Qu'en est-il de votre sexualité ?

– De ma sexualité ?

– Oui, éprouvez-vous des désirs, des pulsions, pensez-vous à quelqu'un, vous arrive-t-il de vous masturber ?

– Non. Sincèrement, non.

– Cela vous inquiète-t-il d'une quelconque façon ?

– Je vous avouerai que cette question n'est pas pour moi, ces derniers temps, un sujet de préoccupation.

– C'est très bien. Je dois cependant vous informer que le traitement que l'on vous administre est en grande partie responsable du fléchissement de votre libido. Cela fait partie de la thérapie.

– Comme les électrochocs.

– J'avoue y avoir songé un instant, monsieur Klein. Mais, à la réflexion, je ne crois pas qu'une impulsion électrique, si intense soit-elle, puisse venir à bout de vos angoisses.

– Je ne souffre d'aucune angoisse, docteur. Vous mélangez tout.

– Alors, disons, de votre déficit d'élan vital, si vous préférez.

– Je ne préfère rien. Et je vous rappelle que, même si l'on m'a piégé en m'attirant ici, je demeure dans cette clinique de mon plein gré. Chaque matin je me lève. Chaque soir je me couche. Entre-temps je mène une vie d'homme comparable à la vôtre. Ce qui nous différencie est infinitésimal.

– J'entends bien. Mais vous venez de parler d'un piège. À quoi faisiez-vous allusion ?

– Aux circonstances qui m'ont conduit à me fossiliser à Jérusalem. Et à ce que je crois être un complot.

– Ourdi par qui, monsieur Klein ?

– Je suis en train de l'établir par écrit. Si je n'étais sans cesse dérangé dans mon travail, sans doute aurais-je terminé ce compte rendu. Ne croyez surtout pas que je sois en proie à un quelconque délire paranoïaque, docteur. Je sais ma part de responsabilité, je connais les faiblesses dont j'ai fait preuve dans cette affaire. Je n'ignore pas davantage que certains de mes proches ne sont pas fâchés de me savoir là où je me trouve.

– Pouvez-vous être plus explicite, monsieur Klein ?

– Je le pourrais, docteur, mais je ne pense pas que le moment soit encore venu. En temps utile, je vous livrerai l'entier de mon histoire. Et ce sera ma manière de vous témoigner ma loyauté de patient. Même si je vous trouve parfois maladroit, je respecte la ténacité avec laquelle vous vous efforcez de m'aider.

– Vous me trouvez vraiment maladroit ?

– Parfois, oui.

Lorsqu'il se contente d'être un homme, lorsqu'il se met à douter, à oublier ses lunes patriotiques et ses réflexes thérapeutiques, Arie Tsarian peut se montrer charmant. La conversation que nous venons d'avoir m'a révélé chez lui une sensibilité que je ne soupçonnais pas. Il m'a parlé des difficultés qu'il rencontrait parfois dans l'exercice de son métier. Un instant, j'ai songé que les rôles étaient inversés et qu'il m'appartenait de l'aider à retrouver la paix.

Tsarian a accepté de me laisser me promener à ma guise et de n'être plus régenté par l'infirmière en chef, celle dont les gros mollets m'effraient. Je me demande si un jour quelqu'un a pu aimer cette femme dure et autoritaire.

Quand je revins de la cafétéria, l'amphithéâtre était plongé dans la pénombre. Des diagrammes diffusés par rétroprojecteur figuraient, sur un écran géant, des données sur la variation saisonnière de l'activité cyclonique.

L'intervenant était une femme mondialement réputée pour ses travaux sur le sujet. Elle s'appelait Mary Kentell. J'avais lu toutes ses publications. Je repris discrètement ma place et me concentrai sur son exposé intitulé : « *Tropical Cyclones as Natural Hazards : a Challenge for the IDNDR* ».

Dès que la lumière se ralluma, les participants firent une ovation à cette Canadienne qui ne se contentait pas de théoriser sur ces phénomènes naturels, mais passait aussi une bonne partie de l'année à les traquer, et, parfois, à les affronter dans les airs, à bord de son avion équipé d'un laboratoire de mesure. À la fin de chaque été, Kentell s'envolait pour chasser ces fauves dans l'Atlantique, la mer des Caraïbes ou le golfe du Mexique. Cette femme était pour moi, jusque-là, une entité professionnelle abstraite, une compétence asexuée. Tandis qu'elle regagnait son pupitre, je compris à quel point j'avais pu me tromper.

À l'interruption de séance, une meute de congressistes fit cercle autour de Kentell. Je demeurais en léger retrait, fasciné par la silhouette et l'intimidante beauté de cette femme quadragénaire.

Près du buisson de ses admirateurs, je contemplais la perfection de cette inestimable consœur. Et je pourrais jurer que, ce jour-là, sa ronde d'admirateurs, soumise à une autre force que celle de Coriolis, se mit à tourner lentement autour de son sujet. Mary Kentell imprimait le mouvement tourbillonnaire initial. Mary Kentell était l'œil du cyclone.

16

Lors de la reprise des travaux, je n'étais plus le même homme. La météorologie m'apparaissait comme une activité aussi obsolète que le golf ou la taxidermie. Pour la première fois depuis bien longtemps, je me sentais plein de vie et d'envie. Mary Kentell était à l'origine de ce miracle. Tandis que sur l'estrade une paire de Coréens planchaient sur « *El Nino and QBO Influences on Tropical Activity* », je songeais à Mary, m'imaginant au cœur de son domaine.

L'après-midi me parut interminable. Je ne parvenais pas à fixer mon attention. Je n'avais que Kentell en tête. La séance se termina vers dix-huit heures. Je retournai à l'hôtel, pour y affronter une soirée des plus inconfortables. Je ne tenais pas en place, ma peau était électrique, mes yeux me brûlaient et je ressentais le long des membres ces courbatures superficielles annonciatrices d'un syndrome grippal, qui n'étaient en réalité que les prémices de la tension du désir. Comment mon humeur avait-elle pu basculer à ce point ? Comment un homme perclus de solitude, las, désenchanté, doutant de sa propre réalité, pouvait-il, en quelques heures, se sentir envahi par la fièvre confuse et l'énergie aveugle de l'adolescent pubère ? J'avais entr'aperçu une femme. Et voilà.

Lorsque je m'allongeai, telles des déferlantes, les pensées les plus contradictoires se fracassèrent dans mon esprit. Tantôt je parvenais à surfer sur leurs crêtes, tantôt elles m'ensevelissaient d'un désespoir bouillonnant. Mary Kentell était un rêve, une référence, et je ne pouvais faire valoir que mon modeste poste de chef prévisionniste. Elle publiait à tour de bras, j'avais à peine rédigé un alinéa de bas de page. Elle faisait tourner les têtes et la mienne passait inaperçue. Tout le monde se pressait autour d'elle, la reconnaissait, la célébrait, personne ne m'avait encore salué. Selon toute probabilité, une femme de son âge et de sa trempe devait déjà avoir fait sa vie. Rien, absolument rien, ne me permettait d'espérer en ma bonne étoile. Et pourtant, je refusais d'abdiquer. Avant de fermer les yeux, je me raccrochai à « l'effet papillon », cette théorie bien connue en météorologie : un insecte battait des ailes à Bangkok, et, trois jours plus tard, une tornade balayait le désert de Gobi. Je m'endormis lentement, en priant pour que ce singulier enchaînement s'opérât durant la nuit.

Je sortis de l'hôtel sous une véritable tempête de neige. Il était encore tôt et je décidai de marcher sous les bourrasques. Poussés par le vent, les cristaux me piquaient le visage. Je ressentais ces légères morsures comme autant d'encouragements destinés à me vivifier. Je n'avais pas la moindre idée de la manière dont je pourrais aborder Mary Kentell, mais je savais qu'avant ce soir, d'une manière ou d'une autre, je lui aurais parlé.

Et c'est à midi précis que nous eûmes cette conversation. Profitant d'une interruption de séance, je m'approchai d'elle, me présentai et lui remis certains documents se rapportant à des recherches que nous avions effectuées au centre de Toulouse. Mary se montra intéressée par les prouesses de notre calculateur Cray et me posa quelques questions sur le projet Vagatla auquel j'avais vaguement collaboré. Il s'agissait d'une expérience mondiale concernant la circulation océanique.

Bien loin de la marche des courants, sous le charme de mon interlocutrice, incapable de répondre à ses questions, les mots enfouis au fond de la gorge, j'étouffais dans un silence embarrassant. Alors, presque malgré moi, je m'entendis prononcer cette phrase totalement hors de propos :

– Voulez-vous déjeuner avec moi ?

– Maintenant ? C'est impossible.

La concision de cette réponse me ramena à la réalité, et j'éprouvai le sentiment que ressent un domestique lorsqu'on le rabroue pour avoir eu, l'espace d'un instant, l'insolence de sortir de sa condition.

– En revanche, si vous êtes libre demain à midi, ce sera avec plaisir.

Ce sont de telles secondes qui donnent un sens à la vie, ces moments de grâce absolue où le bonheur devient palpable, où l'on se sent parcouru du sang neuf de sa jeunesse, où l'on éprouve la certitude que l'on ne sera jamais plus malade.

Désormais, je me sentais vraiment de ce monde. Calé au fond de mon siège, je griffonnais des spirales de joie sur une feuille de papier algébrique. Parfois, lorsque l'on baissait les lumières, je me concentrai sur les courbes de Mary Kentell. Et dans la salle de conférences, je bandais.

La clôture des débats était prévue pour le lendemain, à l'issue de la session matinale. Mon avion décollait le soir même à dix-neuf heures vingt-cinq. Le temps m'était compté.

Avant de rentrer à l'hôtel, j'allai dîner dans un sinistre McDonald's, près de la station de métro Bonaventure. Je commandai un verre de Coca, une *garden salad* et une portion de *chicken Mcnuggets*, agrémentée du premier sachet de sauce venu. Je m'installai à une table d'angle et fus tout surpris de découvrir que j'étais le seul client de l'établissement. Sur mon plateau, il y avait à peu près tout ce qu'il fallait pour sustenter un homme moderne. Cette pitance de station-service me semblait sortie tout droit du chapeau d'un magicien. Je pris entre mes doigts l'un des minuscules pilons de poulet et, sans réfléchir, le portai à ma bouche.

Je mangeais de la viande. Ma vie était en train de changer.

J'imaginai Mary Kentell assise devant une nappe blanche, laissant distraitement glisser le bout de ses doigts sur le rebord d'un verre de vin. Je la voyais chez elle, dînant près d'un feu de cheminée. Il n'y avait personne d'autre dans la pièce. Personne. Ni enfant, ni amant, ni mari. Seulement Mary.

Je dormis d'un sommeil tourbillonnant. Au matin, la neige avait cessé et un vent glacial venu du nord couchait inexorablement les fumerolles qui s'échappaient de tous les toits de la ville. Je pris une longue douche, avalai un café brûlant, fis mon bagage et allumai une délicieuse cigarette en songeant à la journée qui m'attendait.

À midi précis, les portes de l'amphithéâtre de McGill libérèrent les congressistes qui, après avoir échangé de chaleureuses accolades, quittèrent la place en petits groupes compacts pour mieux affronter les bourrasques.

Mary Kentell m'attendait dans le hall. En m'apercevant, elle me fit un petit signe de sa main gantée.

– Vous aimez le poisson ? Je vais vous emmener dans un restaurant grec, sur Saint-Denis.

Elle pouvait bien me conduire où elle voulait. Dans un Kentucky, un Burger ou même chez un « dépanneur », ces épiceries bien nommées ouvertes jour et nuit. Je n'avais jamais eu aussi peu faim de ma vie. Dans le cocon silencieux et douillet de sa Jeep Grand Cherokee, nous traversâmes la ville en devisant comme si nous nous connaissions de longue date.

Je serais bien incapable de dire ce que l'on nous servit au cours de ce repas. Je n'en garde qu'un souvenir de bien-être absolu, de plaisir total. D'emblée, sans la moindre gêne, nous nous sommes avoué nos raisons d'être là, réunis. Nous avons parlé avec gravité de la légèreté d'exister, et, le temps de cette brève rencontre, échangé plus de confidences que certains couples durant toute leur existence. Vers quinze heures, Mary me proposa de me faire visiter Montréal en voiture.

De cette longue balade, je ne retiens que l'odeur envoûtante de cette Jeep et la douce chaleur qui enveloppait nos jambes. Il y eut des rues, des parcs, des places, des avenues, puis nous nous retrouvâmes au sommet du parc Mont-Royal, à cheminer au pas dans les allées désertes du cimetière Notre-Dame-des-Neiges. Dans ce décor où la mort et les tombes s'étendaient à perte de vue, j'étais aveuglé par l'éclat de la vie.

– À quelle heure est votre avion ?

Instruite de ma réponse, Mary regarda sa montre, sembla hésiter un instant, puis gara son 4 × 4 sur le bord du chemin. C'est sur cette route en pente encerclée de riches mausolées, dominant la ville gelée, que Mary Kentell se pencha vers moi et me donna son premier baiser en posant le plat de ses mains gantées sur mes joues brûlantes. Nous fîmes ensuite quelques pas dehors. Elle s'adossa contre la carrosserie du break. Un vent soufflait dans tous les sens. J'avais les pieds dans la boue et un ruissellement d'eau glaciale venu du sommet de la colline s'infiltrait par toutes les coutures de mes chaussures. Je maintenais Mary le dos plaqué contre la tôle et soutenais ses jambes qui m'encerclaient la taille. Elle m'agrippa la nuque et dit :

– Tu n'iras jamais assez profondément en moi.

Ensuite, j'oubliai tout, l'eau gelée qui me mordait les pieds, le vent qui me giflait la face, le temps qui passait, l'avion qui m'attendait. Je poussai seulement un long cri de plaisir, le cri d'un animal sauvage piégé par le bonheur au cœur de la forêt.

À petite vitesse nous avons quitté le promontoire pour redescendre vers la ville et prendre l'autoroute des Laurentides en direction de Mirabel. Tandis qu'elle conduisait avec expertise, je caressais sa nuque. Dès cet instant, je peux le dire, j'aimai tout de cette femme, jusqu'à l'extrémité de ses gants de cuir.

Avant que nous nous séparions, Mary prit une feuille de papier où elle inscrivit tous ses numéros privés et professionnels. D'un trait de plume, elle souligna celui de son téléphone cellulaire dont elle ne se séparait jamais. Puis elle m'embrassa et dit simplement :

– Tu vas me manquer.

En me dirigeant vers la porte d'embarquement, j'étais envahi d'une ivresse que j'étais incapable de définir tant le bonheur de ce que je venais de vivre se mêlait au chagrin que j'éprouvais en me séparant de cette femme. Lorsque l'avion quitta la piste de Mirabel, je n'imaginais pas que cet aéroport allait devenir le carrefour de ma vie.

Tandis que nous prenions de l'altitude, je lisais et relisais sans cesse les numéros de Mary. Ils constituaient pour moi le plus beau des romans d'aventure. J'avais le sentiment que ces combinaisons chiffrées ouvraient en moi des portes qu'à jamais je croyais verrouillées.

Je décrochai le téléphone de bord, glissai ma carte de crédit dans la fente de l'appareil et appelai Mary sur son portable. Au bout de deux sonneries, j'entendis sa voix se faufiler parmi les fréquences brouillées. Je dis :

– C'est moi.

Elle marqua une légère pause, et répondit :

– Je t'attends.

Ensuite, la communication se perdit dans l'espace qui nous séparait.

17

– Vous devez quitter votre chambre et descendre tout de suite dans le hall.

– Pardon ?

– Ça prendra juste une petite heure.

Ils sont deux et portent des combinaisons de Nylon jaune sur des bottes blanches. À la main ils tiennent des pulvérisateurs et des sortes de masques à gaz.

– On désinfecte la clinique, les parasites, tout ça. Vous ne pouvez pas rester là, c'est toxique.

Ils ont vraiment des têtes d'exterminateurs. Je range mes affaires et sort de la pièce.

Tous les malades de l'étage sont regroupés dans la salle d'accueil du service. Il y a là rassemblée toute la misère du monde. Les dépressifs, les chroniques, les mélancoliques, les psychotiques, les obsessionnels. Tous s'observent avec un effarement mutuel. Des infirmiers surveillent cette population et tentent de prévenir toute crise, tout accès de panique.

Je n'arrive pas à comprendre que l'on ait mené cette opération avec tant de précipitation, sans nous informer de ce dérangement.

L'atmosphère transpire l'angoisse. Personne ne parle ni ne bouge. Chacun s'observe. La femme au visage de poisson que j'avais surprise dans le jardin s'isole dans un angle de la pièce, passe plusieurs fois les mains sur son visage comme pour le débarrasser d'une toile d'araignée. Elle retrousse sa robe et s'accroupit en balançant sa tête d'un mouvement régulier. Un infirmier se précipite vers elle, la saisit par un bras et tente de la relever. Elle se met aussitôt à hurler :

– Il faut que je fasse ! J'ai besoin ! Il faut que je fasse !

Tout le monde se tourne vers elle. Un homme crie :

– Laissez-la ! Ne la touchez pas !

Puis un autre :

– Vous n'avez pas le droit ! Elle a besoin !

Une patiente prise de convulsions s'écroule. Certains de ses voisins s'écartent vivement tandis que d'autres s'approchent pour mieux se délecter de ses transes. Un spectateur plus audacieux lui caresse la poitrine en riant. Les infirmiers semblent totalement dépassés et s'affairent autour de l'épileptique. Affectant un malade après l'autre, la tension se propage comme un courant électrique, tandis que, libre de ses mouvements, la maniaque des étrons, ayant repris sa position, entame une nouvelle œuvre.

– Elle fait ! Venez voir ! Elle fait ! s'exclame un admirateur.

Un petit cercle se forme autour d'elle. Tous l'encouragent, certains applaudissent. Entre deux poussées, d'une bouche déformée de parturiente, elle grogne :

– C'est pour le docteur que je me vide, pour qu'il voie que je vais mieux. Dites-lui que j'ai expulsé la maladie, qu'elle est sortie. Personne ne veut me croire.

Un homme se précipite sur un infirmier, agrippe son bras et tente de l'attirer vers la scène en vociférant :

– Elle va mieux. Elle guérit. Vous ne voyez pas qu'elle est en train de guérir, nom de Dieu ? Il faut l'aider, vite ! Appelez ce putain de médecin !

Dans un coin, à l'écart de ce tapage, deux vieux se tripotent et se lèchent mutuellement le visage.

Je ne bouge pas. La vue d'un tel spectacle me fascine. J'en fais partie intégrante.

Des médecins appelés en renfort s'efforcent de reprendre la situation en main. Des cris mêlés à des appels au calme fusent de toutes parts.

– Aidez-nous. Soyez gentil, rendez-vous utile.

C'est Tsarian qui réclame de l'aide. J'essaie de sortir de ma torpeur, mais je ne parviens pas à faire le moindre geste.

– Monsieur Klein, ressaisissez-vous ! Occupez-vous de cette femme.

Le ton ferme du psychiatre produit son effet. Instantanément, j'obéis à ses ordres clairs. Je m'approche d'une patiente âgée, calme mais visiblement apeurée. Je pose timidement ma main sur son épaule et tente de la rassurer.

– Vous êtes trop jeune, et moi bien trop vieille pour assister à des choses pareilles. Je ne peux pas m'habituer à tout ça. Et pourtant je suis ici depuis si longtemps, depuis que mon fils est mort dans mon ventre. Mon mari m'a mis dans cette clinique après ma fausse couche et je n'en suis jamais ressortie.

Ses yeux se remplissent de larmes qui s'écoulent dans le sillon profond des rides.

– Ramenez-moi dans ma chambre. Je ne peux plus entendre ces cris.

Tels deux acteurs éprouvés par leur rôle, nous quittons cette scène envahie par la folie.

– Mon fils aurait à peu près votre âge. Il faut vous en aller d'ici. Sinon vous finirez comme eux.

À l'étage, les couloirs sont vides et les portes des chambres grandes ouvertes. Une odeur piquante proche de celle du Crésyl empeste l'atmosphère. Près de l'escalier, les employés de la société de désinfection rangent le matériel. Leur mission est terminée. Ils ont fait du bon travail.

Je conduis la vieille femme jusqu'à son fauteuil et ouvre les fenêtres.

– Comment vous appelez-vous ?

– Klein. Paul Klein.

– C'est un joli nom. Je suis Ludmila Kossilev. D'origine russe. Vous êtes français ?

– Oui.

– Croyez-moi, rentrez dans votre pays, quittez Jérusalem, oubliez cet endroit. Votre vie est ailleurs. J'ignore ce qui vous a amené à Weisbuch, mais je peux vous affirmer que vous n'avez plus rien à y faire. Promettez-moi de m'écouter.

En souriant à Ludmila Kossilev, je recule vers la porte et l'abandonne tout doucement à sa solitude.

Ils ont empuanti tout cet endroit. Au rez-de-chaussée, le pire semble être passé. Je n'entends plus de cris et j'aperçois quelques malades qui commencent à regagner leur chambre. Chez moi, l'air est irrespirable et brûle les yeux.

En ouvrant les fenêtres mes mains tremblent. Je me penche à l'extérieur et respire profondément pour expulser tous ces miasmes de ma poitrine.

Confusément coupable d'une infinité de choses, je pense à mes enfants. À la main d'Anna. À celui qui était le seul à avoir le droit de se tromper. À l'IDNDR. Au cimetière Notre-Dame-des-Neiges. Aux tôles anguleuses de la Cherokee. À l'eau glacée. À mes chaussures détrempées.

Quelque part à l'étage, un téléphone sonne, et, sans que je le veuille, machinalement, ma mémoire compose le numéro du cellulaire de Mary Kentell : 514 675 54 32.

Comment reprendre mon travail après ce qui vient de se passer, ce que je viens de voir ? Comment oublier ces visages ravagés par la démence, ces comportements insaisissables qui remontent des puits de l'âme ? Qui me dit que je ne suis pas moi-même aux portes de cet enfer, que demain je n'irai pas chercher dans ma fiente les preuves de ma santé recouvrée, que je ne lécherai pas le coude de Norma tandis qu'elle me transpercera de ses doigts maladroits ?

– Je vous dérange ?

C'est Tsarian. Son visage est éprouvé, sa blouse déchirée à la couture de l'épaule.

– Je voulais vous remercier, monsieur Klein. Vous avez parfaitement réagi. Mme Kossilev vient de me dire que votre concours lui avait été précieux.

– C'est une personne très douce.

– Ne croyez pas cela. Elle est capable d'accès d'une grande violence. Elle a passé de nombreuses années en isolement complet. C'est la justice qui nous l'a confiée. Il y a quinze ans, je crois, elle a égorgé son mari et son fils pendant leur sommeil. Aujourd'hui elle semble être stabilisée, mais nous gardons quand même en permanence un œil sur elle. Voilà, je tenais juste à vous dire que j'avais apprécié votre attitude et votre sang-froid dans ces moments difficiles. Je vous laisse à vos écritures. Bonne soirée, monsieur Klein.

Il faut que je fume, que je me calme. Ces incidents ne me concernent pas, ils ne peuvent m'atteindre. Seule compte l'histoire. Je dois me protéger pour la mener à son terme.

Auprès d'Anna, durant toutes ces années, je dirais que j'ai disputé une course d'endurance, une épreuve durant laquelle j'ai éprouvé l'entière gamme des sentiments humains. C'est la caractéristique des marathons que de vous confronter cycliquement à la douleur, à la fatigue, à l'abattement, avant de vous griser d'espoir, de joie, et même de vous faire atteindre l'euphorie. Avec Anna, le temps semblait un allié, un partenaire capable d'aplanir, de clarifier les choses. Il devint mon cauchemar lorsque je rencontrai Mary Kentell. Luttant sans cesse contre lui, je vivais dans l'état d'esprit d'un sprinter sachant qu'il ne possède que dix secondes pour bâtir son bonheur. La brièveté de nos rencontres nous interdisait tout droit à l'échec. Nous nous parlions avec six heures de décalage horaire. Nous nous aimions à sept mille kilomètres de distance. Chaque instant était d'autant plus essentiel qu'il nous rapprochait d'une inéluctable fin. Car un homme et une femme, fussent-ils pourvus de la meilleure âme, ne peuvent résister bien longtemps à des relations d'une telle puissance, d'une pareille intensité.

Dès mon retour à Toulouse, j'appelai Mary. Je lui dis combien elle me manquait. Le directeur entra dans le bureau.

– Pardonnez-moi. Vous avez ramené les communications du congrès ?

Posée à ce moment-là, en regard de ce qui m'arrivait, cette question me parut totalement futile et déplacée. Pas un seul instant je ne m'étais préoccupé de ces textes. L'idée de les collecter ne m'avait même pas traversé l'esprit.

– Mais bon Dieu ! qu'est-ce que vous avez fabriqué là-bas ? Arrangez-vous comme vous voulez mais il me faut ces rapports avant la fin de la semaine.

Entre mars et début juillet, jonglant avec les journées de récupération et les congés de fin de semaine, je fis six voyages au Canada. Le vol 871 me devint aussi familier qu'une ligne d'autobus. Mary venait me chercher à l'aéroport et moins d'une heure plus tard nous faisions l'amour dans l'entrée du grand appartement qu'elle habitait sur Lansdowne Avenue, dans le quartier de Westmount.

La façade de l'immeuble, tout autant que son architecture intérieure, avait un cachet londonien. D'origine anglo-saxonne, Mary vivait tout naturellement dans le secteur anglophone de Montréal. Bien que bilingue, elle considérait curieusement le français comme sa langue maternelle et ne s'exprimait en anglais qu'en deux occasions : lorsqu'elle prenait la parole dans un congrès et quand elle faisait l'amour. Ainsi, lors du premier voyage, alors que nous étions à l'œuvre dans son entrée, elle me murmura : « *Give me your prick. Use my body. Fuck for yourself.* » À cet instant, découvrant le pouvoir érotique des langues étrangères, j'eus l'étonnante sensation que, dans mon dos, le vent gonflait une énorme voile.

Le soir même, Mary m'emmena faire du ski sur les collines du mont Rolland. L'endroit ne ressemblait à rien. Les montagnes étaient entièrement piquées de lampadaires géants qui, la nuit, éclairaient les pistes comme des boulevards périphériques. Vu de loin, émergeant des ténèbres, ce site faisait penser à une immense raffinerie. Dans cet environnement inhabituel, fourbu par le décalage horaire, les pieds endoloris par mes chaussures de location, j'avais l'impression de glisser sur les parois d'un rêve blanc. La station était pratiquement déserte. Je regardais Mary emprunter mon sillage ou, au contraire, couper mes trajectoires, je la voyais sauter sur les bosses, et cela me rappelait bien des choses. Socoa, l'amputation, la prothèse d'Anna. Alors, sous un soleil blanc, je tirais tout droit dans le froid pour laisser au plus vite ces noires pensées derrière moi.

Lorsque je revins en avril, le temps était déjà plus clément. La ville avait changé. Le parc Lafontaine que j'avais connu rasé par le gel et pris dans les glaces revenait lentement à la vie, à l'image de toute la population. Là-bas, sortir de l'hiver a véritablement un sens.

Malgré la rigueur du climat, la neige, la pesanteur du Nord, j'aimais Montréal, ses maisons bigarrées, son bilinguisme bagarreur, ses *bagels*, ses *fajitas*, ses taxis grecs. Il y avait dans cette ville quelque chose de tolérant, de civilisé, de douillet. Si bien qu'au bout d'un certain temps, on s'y sentait aussi à l'aise que dans un gant. Au fil de mes voyages, j'ai découvert que les Québécois étaient des Français bien élevés. Là-bas, rien ne semblait grave. Pas même d'être chauve. Un proverbe ne disait-il pas : « Le Seigneur est juste, le Seigneur est bon, il a donné un cerveau aux justes, et juste des cheveux aux cons » ?

Je découvrais au Québec les émotions d'un autre monde, la joie de se sentir en vie au cœur de l'hiver, de résister à l'emprise obstinée du gel, le bonheur de progresser dans la poudreuse en soufflant de l'air chaud que l'on voit monter tout droit vers le ciel, d'écouter le feulement d'une tempête de neige qui empoigne les arbres et moule la terre comme du ciment blanc.

Au gré de mes sorties, je marchais dans les forêts, j'apprenais à lire la trace fraîche d'un orignal, j'observais le sillage du vent quand il glissait à la surface des lacs, je percevais l'odeur prégnante d'une moufette portée par une brise venue du nord, je devinais le bonheur des truites à l'instant où elles volaient une mouche à la surface de l'eau, je me faufilais entre les branches de mûriers pour épier une marmotte ou contempler les rondes d'un grand busard Saint Martin, puis j'attendais le couchant, assis au pied d'un arbre, admirant les nuances glaciales d'un ciel lavé de brume.

J'étais au Québec comme chez moi. Et c'est au retour de ces brefs séjours qu'à Toulouse je me sentais à l'étranger. Mon travail s'en ressentait. J'étais incapable de me concentrer tant mon esprit vivait auprès de Mary. Nous passions nos journées au téléphone à nous dire des choses tendres ou à évoquer nos caresses de vestibule. J'ignorais alors que, quelques semaines plus tard, j'allais être atteint d'un mal mystérieux qui, un trimestre durant, me couperait de ces réjouissances charnelles.

18

Je connus ma première défaillance à la fin avril, lors de mon troisième séjour à Montréal. Nous avions passé la journée à nous promener dans les cantons de l'est avant de nous rendre, en soirée, au centre Molson pour voir les Canadiens, l'équipe locale de hockey, prendre une leçon de patin face aux New York Rangers dans les plays-off de la Stanley Cup. Mary n'aimait pas particulièrement le sport, mais elle appréciait l'atmosphère particulière de cette prestigieuse compétition de la NHL.

À la fin de la rencontre, nous sommes rentrés à Westmount. Je me souviens que Mary insista pour que je conduise la Grand Cherokee. À la barre de ces huit cylindres, au cœur de cette ville que j'avais fait mienne, fumant une cigarette aux côtés de la femme que j'aimais, j'avais l'impression de piloter ma vie à ma guise. La direction assistée était aussi légère que de la plume d'oie et, de ses doigts, Mary effleurait le haut de ma jambe.

Une heure plus tard, nu, assis sur le rebord du lit, les coudes appuyés sur les genoux, je fixais le bout de mes pieds tandis que Mary me caressait les cheveux.

– Ce n'est pas grave. Oublie ça. Tu réagis comme un adolescent. Ce n'est rien. Ça ira mieux demain.

Le lendemain, les choses furent tout aussi catastrophiques. Ainsi que les jours suivants. Avec l'élégance dont seules les femmes sont capables, Mary m'assurait que ces désagréments n'étaient que de légers cirrus, une brume passagère. Nous avions le temps, répétait-elle, une éternité devant nous. Contrairement à moi, Mary avait une confiance inébranlable en la pérennité de notre union.

C'était un être de foi.

Elle croyait en moi.

Mon quatrième voyage fut à la fois enchanteur et cauchemardesque. Le jour, tout était simple, limpide. Côtoyer Mary, marcher près d'elle, l'écouter, la regarder, m'emplissait de bonheur. Dès les premières heures de la nuit, en revanche, je retrouvais l'insupportable pesanteur de ma vie. Coupable de gâcher toutes ces soirées, j'en voulais à l'entier de mon corps, à chacun de mes os qui, pour une raison inexplicable, refusaient de traduire les envies et la passion qui m'animaient. La patience, la gentillesse et la mansuétude de Mary accentuaient mon malaise. Cette situation ne pouvait plus durer.

Durant la soirée qui précéda mon départ, Mary multiplia les tentatives pour me faire sortir de ma torpeur. Mais tenaillé par l'angoisse et la peur de faillir, je vivais chacune de ses caresses comme une expérience de laboratoire. Elle avait beau multiplier les décharges électriques, la patte de grenouille demeurait immobile. Couché à plat dos, je voyais, au-dessus de moi, s'agiter ce corps sublime qui pourtant me laissait aussi indifférent que les pages de cotations du *Herald Tribune*.

C'est alors que, dans la pénombre, claqua le coup. Et aussitôt après, un second. Et un autre encore. Je n'éprouvais aucune douleur. Au contraire. Cette ceinture de cuir, qui, à un rythme régulier, s'abattait sur mes flancs et la peau de mon ventre eut l'effet d'une caresse thérapeutique. *« Get a hard on, boy, I want your cock. »* Cette séance de dressage stimula au-delà de toute espérance la mule entêtée qui était en moi. Lorsque je parvins au plaisir, je me blottis dans les bras de Mary, comme un rescapé.

Malgré cette éphémère embellie, dès mon retour en France, je pris rendez-vous chez un urologue qui, après m'avoir examiné, me rassura sur mon état organique. Les analyses de laboratoire confirmèrent son diagnostic. La glycémie, la prolactine, les marqueurs prostatiques, la testostérone, tout était normal. Mesurant mon désarroi, le spécialiste m'orienta dès le lendemain vers un de ses confrères sexologues. L'idée de soumettre mes glandes à l'analyse ne m'enchantait guère, mais je me résolus cependant à cette extrémité.

D'emblée, le docteur Aylmer me parut sympathique. Il avait le visage serein des hommes qui doutent, une chemise bariolée, et portait des chaussures de tennis. Autant de détails qui inspirent la confiance.

Ma première séance dura une heure trois quarts. Je me confiai à cet homme avec une liberté et une franchise qui me surprirent moi-même. Je lui racontai qui j'étais, d'où je venais et ce qu'avait été ma vie. À la fin du second entretien, Aylmer connaissait mieux mes pratiques sexuelles que toutes les femmes que j'avais rencontrées dans mon existence. Je n'avais pas l'impression de participer à une cure, mais plutôt de livrer des confidences intimes à un inconnu dont je devinais l'entière loyauté. En fait, nous bavardions d'égal à égal. De temps en temps, d'une manière qui n'avait rien de péremptoire, Aylmer s'efforçait de dégager quelques éléments susceptibles de m'éclairer. Je voulais m'en sortir et il le sentait. Il lui arrivait aussi de me poser des questions d'apparence anodine.

– À quoi pensez-vous quand vous faites l'amour ? Je veux dire quel est, au plus profond de vous, votre but, votre idée ?

Sans vraiment réfléchir ni contrôler la portée de ma phrase, je répondis :

– Pécher, transgresser, et surtout faire mieux que mes parents.

J'ignore quelle part de moi-même me poussa à dire cela. En tout cas, je l'énonçai à haute et intelligible voix. Pourquoi voulais-je, sur ce terrain, entrer en compétition avec Éthan et Édith ? Cela reste encore aujourd'hui un mystère pour moi.

Lors de notre dernière entrevue, Aylmer se montra amical, rassurant et confiant. Chez lui, la patine philosophique l'emportait toujours sur l'assurance scientifique. Il avoua la fragilité de son art en m'expliquant longuement qu'à la différence de la psychanalyse, la sexologie ne possédait aucun fondement théorique réel et qu'il fallait donc suppléer à cette carence basique par la patience du tâtonnement.

Il me plaisait de penser que, dans cette nuit qui nous entourait, je n'étais pas le seul à cheminer en aveugle. Avant de nous séparer, Aylmer me livra modestement ses conclusions.

– Vous m'avez parlé de votre difficulté à associer les sentiments amoureux avec la pratique du sexe. Or vous voilà précisément dans ce cas de figure. Il me semble que vous devez cesser de vivre avec l'idée qu'une relation porte en elle, dès sa naissance, les germes de son propre échec. Oubliez vos réticences. En d'autres termes, acceptez que l'on vous aime et laissez-vous aimer.

Ces mots simples me firent l'effet d'une douche apaisante après l'effort. En sortant de chez Aylmer, je me sentais aussi calme et revigoré que lorsque, bien des années auparavant, je quittais le vestiaire du stade après avoir remporté une partie difficile. À dater de ce jour, ma verge redevint partie intégrante de moi-même et se tint toujours convenablement.

D'habitude, Mary m'attendait dans le hall, à la sortie de la douane. On pouvait apercevoir de loin sa blondeur rayonnante qui brillait dans la foule comme une pépite. Lorsque je retournai à Montréal en mai, je ne vis autour de moi que des visages inconnus. Comme je patientais à l'extérieur de Mirabel en fumant une cigarette, à quelques pas de moi, légèrement en retrait, je remarquai une femme séduisante qui semblait attendre quelqu'un. Elle portait un tailleur d'été bleu pastel et des escarpins assortis. Des lunettes de soleil et une chevelure brune coupée au carré dissimulaient une partie de son visage.

Le ciel était clément, la température douce. J'avais quatre jours devant moi et autant de nuits pour éprouver ma guérison et m'abandonner à l'affection de Mary Kentell. Au bout de quelques instants, ma voisine s'avança vers moi, appliqua sa main sur ma nuque, et m'embrassa à pleine bouche, avant de me murmurer :

– *You have to take it on faith, you can't ever be sure.*

Mary enleva ses lunettes, essuya le rouge qu'elle avait déposé sur mes lèvres et s'éloigna vers le parking. Ses talons claquaient sur le bitume. Souriant comme un bienheureux, je la suivis. Tandis que Mary pilotait le Cherokee sur l'autoroute de Montréal, je me délectais de l'idée qu'une scientifique mondialement reconnue pût ainsi, en plein après-midi, abandonner ses travaux et se grimer avec autant de soin pour de tels jeux.

Arrivé à Westmount, je ne pris pas la peine de défaire mon unique bagage. Dès que la porte d'entrée se referma, je me jetai sur cette fausse brune et la plaquai contre l'huis. Je repensai aux conclusions du docteur Aylmer. À mes taux de prolactine, de testostérone. J'imaginai toute cette chimie délicate qui s'opérait en moi. Je n'avais plus la prétention de vouloir surpasser mes parents. Je voulais seulement croire en mes propres forces.

Je glissai ma main sous son chemisier et sentis la pointe de son genou remonter lentement entre mes jambes. En effleurant mes lèvres de ses doigts, elle me dit: « *Talk dirty to me.* »

19

Maintenant, il fait nuit.

Le repas a été aussi appétissant que d'habitude. Avec cette fois un aromate supplémentaire : les aliments étaient imprégnés de l'odeur du désinfectant utilisé pour récurer l'établissement. J'imagine que, dans leur zèle, les exterminateurs ont dû largement asperger les cuisines. Je vais donc maigrir encore un peu plus. Ma peau moulera bientôt mes os. Tant que cela n'affecte pas ma clairvoyance, je n'y accorde aucune importance.

Il me semble que jusque-là je suis parvenu à consigner la réalité de mon histoire, même si parfois je me suis laissé aller à quelques digressions. Mais comment résister à la tentation d'échapper, ne serait-ce que temporairement, aux lois de la chronologie pure ?

Tout est calme. Je vais en profiter pour avancer dans ma tâche. Je laisse à la fatigue le soin de me dicter mon heure de coucher.

À chaque fois que Mary me raccompagnait à Mirabel, nos séparations étaient de plus en plus pénibles. Nous n'arrivions plus à nous détacher l'un de l'autre.

Nous n'avions plus l'âge de remettre sans cesse notre bonheur à plus tard. Formulée ainsi, la chose peut paraître ridicule. Et pourtant, dans sa naïveté, cette remarque s'imposait à moi comme une évidence.

Après avoir tergiversé pendant une semaine, je pris, vers la mi-juin, la seule décision qui me paraissait convenable. Je partais m'installer définitivement à Montréal. « Définitivement » était, en l'occurrence, un bien grand mot. Et pourtant j'avais pris la résolution de m'accrocher fermement à cet adverbe. Lorsque j'annonçai la nouvelle à Mary, je sentis toute sa joie traverser l'océan.

Le soir même, j'appelai Anna et les enfants pour leur faire part de mon choix. Je préférai traiter cela à distance, de peur d'avoir à découvrir un quelconque signe de réprobation sur leurs visages. Clarice et Quentin, à qui je laissai ma voiture et l'usage de la maison, prirent la chose avec lucidité et me témoignèrent leur affection par de petites phrases pleines de tendresse et de dignité. Cette attitude généreuse leur ressemblait parfaitement. Anna se comporta à l'image de ses enfants.

Lorsque je repense à ce qui s'est passé par la suite, je me demande si, ce jour-là, ma femme dissimula ses véritables sentiments. Je serais plutôt enclin à croire qu'elle fut loyale. Quelque chose me dit que ce n'est qu'après mon départ que, dans son esprit ou celui de Simon, germa l'idée du complot. J'ignorerai sans doute toujours l'identité de l'instigateur.

– Je voulais te dire que je partais au Canada. Je vais vivre là-bas. J'ai rencontré quelqu'un.

– C'est bien. J'espère que tu seras heureux.

– Je ne sais pas.

– Tu n'as jamais rien su. Ce n'est pas vraiment nouveau. Tu quittes ton travail ?

– À la fin du mois, je pense.

– Tu as trouvé quelque chose, là-bas ?

La question d'Anna me coucha sur le flanc. L'aveuglement amoureux avait totalement occulté cette question. Je me sentis soudain puéril. Plutôt que d'avouer l'inquiétante vérité, je tergiversai.

– Rien n'est encore décidé, mais j'ai deux ou trois possibilités.

– Dans la météo ?

– Oui, oui, dans la météo.

– Je souhaite que tout se passe bien pour toi. Tu as prévenu les enfants ?

– Je viens de les appeler à l'instant.

– Quelle a été leur réaction ?

– La même que la tienne.

– Alors tu peux partir tranquille.

Cette nuit-là, le poids de mon immaturité m'empêcha de dormir. Comment, à quarante-cinq ans, avais-je pu négliger de me préoccuper de mon reclassement professionnel ?

Le lendemain, je demandai une entrevue au directeur du centre pour lui faire part de ma démission.

– Vous entrez dans le privé, c'est ça ?

– Pas du tout, je quitte la France. À la fin du mois.

– C'est un peu rapide. Mais je m'arrangerai avec l'administration. Vous avez trouvé un nouvel emploi ?

– Pas encore. Justement, j'aimerais savoir si nous avons des accords ou des échanges de postes possibles avec la météo du Canada.

– Pas à ma connaissance. Mais je me renseignerai. À propos de Canada, savez-vous que j'attends toujours les communications de la conférence de Montréal ?

Voilà. C'est terminé pour ce soir. Je dois me reposer. J'éteins la lumière. Dans ce silence, cette solitude, je perçois la réalité du monde, l'existence des autres. Ils sont partout. Dans chaque chambre, chaque étage. Je les imagine dans ma posture, couchés, également attentifs à cette vie qui les entoure. J'aimerais que quelqu'un eût un geste affectueux envers moi. Qu'une main posée sur mon front m'apportât un peu de paix et l'espoir que demain sera meilleur.

– Ce « Bibi » Netanyahu ne me dit rien qui vaille. Vous l'avez vu hier soir à la télévision s'expliquer sur ses affaires ? Il a l'air buté, fermé de l'intérieur. Je préférais Peres. Lui, au moins, il semblait toujours avoir une idée derrière la tête. Vous voyez ce que je veux dire ?

Du moins je m'y efforce. En réalité je suis davantage préoccupé par les doigts boudinés de Norma, qui s'affairent autour de l'aiguille pour me grignoter la veine.

– Ce soir, il y a une nouvelle manifestation des orthodoxes à Me'a She'Arim. Ces barbus veulent interdire aux voitures de circuler dans les rues pendant le *shabbat*. Vous vous rendez compte ?

Norma ignorait que, le vendredi de mon arrivée à Jérusalem, j'étais tombé entre les pattes de ces intégristes à bouclettes. (Je raconterai plus loin en quelles circonstances.) Pendant que l'Anafranyl s'écoule en moi, je vais prendre un peu de repos. La journée qui m'attend va être longue et tumultueuse.

– Voilà. Laissez aller votre bras sur le côté. Détendez votre main. Je repasserai dans un moment vous débrancher tout ça.

J'arrivai à Montréal au début de juillet 1995. La totalité de mes affaires tenait à l'intérieur de deux sacs de voyage. Mary m'attendait à l'aéroport. Elle souriait et portait dans ses bras bien plus de roses qu'il n'en avait jamais poussé dans tout ce pays. Cette gerbe de bienvenue ressemblait à un buisson ardent. Je serrai Mary contre moi. Et nous restâmes ainsi, l'un contre l'autre, à nous embrasser parmi les épines.

Le lendemain de mon installation à Westmount, j'avouai à Mary que, dans la précipitation, j'avais totalement négligé de me préoccuper de la façon dont je pourrais gagner ma vie dans cette ville. Tout en grignotant un muffin aux blueberries, elle m'expliqua qu'elle avait pris quelques initiatives et que je n'avais aucun souci à me faire. D'abord, je devais me reposer, m'occuper de moi, disait-elle. Nous réglerions ma situation avec le service d'immigration. Puis, je l'accompagnerais dans les Caraïbes pour la saison des ouragans. Nous reviendrions ici vers la mi-octobre et là, en principe, j'aurais un travail qui pourrait me dépanner pendant quelque temps.

– Quel genre de travail ?

– Présentateur sur la chaîne Canal Météo, le Weather Channel québécois. Tu annonces le temps et l'état des routes toutes les neuf minutes. C'est un de mes amis qui s'occupe de la chaîne. Il est ravi que tu travailles pour eux.

– Présentateur à la télé ? Mais je n'ai jamais fait ça de ma vie, je vais être ridicule.

– Tu seras parfait. Le speaker le plus sexy du *network*. Tu mettras des vestes de cachemire sombres, des chemises à col boutonné, et toutes les femmes célibataires de ce pays se colleront devant leur poste à chacune de tes apparitions.

– Je serai incapable de parler devant une caméra.

– Alors je t'entretiendrai.

Cela devenait une habitude chez moi. Longtemps, j'avais vécu aux crochets d'Anna. Vingt ans plus tard, je me retrouvais dans une position similaire. Qu'avais-je donc de si particulier pour que d'aussi jolies femmes s'accordent à faire de moi leur gigolo ? J'avoue que la perspective d'annoncer sept fois par heure l'arrivée du blizzard me réfrigérait et que, à tout prendre, je préférais l'emploi autrement discret et gratifiant de maquereau d'intérieur. J'avais autrefois excellé dans cette tâche.

Les certificats de feu mon beau-père pouvaient en témoigner.

Laissant cette affaire en suspens, nous passâmes ce mois d'été à Westmount, vivant comme des étudiants en vacances, débarrassés des tracas de leurs examens.

L'appartement était aussi vaste que confortable. J'avais l'impression d'avoir toujours vécu ici. Il m'arrivait même parfois d'esquisser des gestes de propriétaire. Je me surprenais à revisser un pan de boiserie, à installer une prise de courant supplémentaire ou à réparer les joints de la grande cheminée de marbre. Le soir, je cuisinais quelques recettes mexicaines agrémentées de salades tout aussi exotiques. Mary découvrait avec ravissement mes talents d'homme au foyer. J'avais l'impression de marquer des points pour l'avenir. Chaque petit plat qui la régalait m'éloignait du spectre effrayant de la télévision météorologique.

J'étais redevenu un amant présentable, un homme simplement encombré de deux bagages, quelqu'un de neuf qui acceptait son nouveau bonheur sans restriction aucune.

La nuit, pendant que Mary dormait, je regardais les documentaires vidéo qu'elle avait réalisés avec le National Geographic. De toutes ces cassettes, il en était une qui avait ma préférence. Elle s'appelait tout simplement *Tornadoes*. C'était un film stupéfiant, tourné dans les États du Middle West américain régulièrement dévastés au printemps par des tornades. Celles-ci se déplacent toujours dans le même couloir si bien que les spécialistes ont baptisé cette route maudite Tornado Alley.

Une tornade n'a rien à voir avec un ouragan. Sa dimension n'excède jamais une centaine de mètres. Elle ressemble à un long bras désossé et nonchalant qui descendrait du ciel pour effleurer la terre du bout du doigt. Cet aspirateur atmosphérique, composé d'un entonnoir central et de vapeur d'eau, détruit tout sur son passage. Il rase les maisons, soulève les voitures, arrache les arbres.

Dans ces régions, on prête d'étranges pouvoirs à ces tourbillons dévastateurs : on prétend qu'ils font cuire les pommes de terre enfouies dans le sol et fondre les pièces de monnaie dans les poches, et qu'il leur arrive même de déplumer les poulets.

J'ignorais ce qu'il en était des patates et de la fusion des nickels. En revanche, tous les météorologues savent qu'à l'intérieur d'une tornade la pression est si faible qu'elle provoque des appels d'air assez forts pour faire exploser des maisons, des ballons ou même les pennes de plumes de poulet. Je garde encore le souvenir d'une photo d'un de ces volatiles victime de ce supplice dépressionnaire. La bête était vivante, mais son croupion et son bréchet semblaient avoir été rasés par le plus méticuleux des barbiers. Une tornade peut se montrer très sélective, détruire totalement une maison, alors qu'il ne manquera pas une tuile sur celle du voisin. C'est l'une des caractéristiques de ce doigt létal, de ce destin tordu qui progresse à tâtons.

Le documentaire du National montrait Mary et son équipe traquant les formations orageuses et approcher au plus près ces tourbillons mortels pour mesurer, grâce à l'effet Doppler, la vitesse du vent sur les parois externes de l'entonnoir. Les images les plus saisissantes avaient été tournées à Wichita, dans le Kansas. On y voyait des habitations se volatiliser en morceaux à peine plus gros que des allumettes. Ce jour-là, Mary avait été littéralement prise en chasse par la tornade. Le fauve avait poursuivi sa camionnette-laboratoire sur l'autoroute, et le preneur d'images ainsi que toute l'équipe avaient dû se réfugier sous l'énorme pile d'un pont. Au moment où la tempête était passée sur l'ouvrage, accrochés au béton, ils s'étaient attachés les uns aux autres pour ne pas être emportés, tandis qu'alentour l'air rugissait comme mille tigres.

Longtemps après m'être couché, ces images irréelles des forces déchaînées continuaient de me glacer les sangs. Et pourtant, je savais qu'elles n'étaient rien à côté des monstres qui m'attendaient dans les Caraïbes.

20

Il n'y a jamais eu, pour moi, de plus grand bonheur que de prendre l'avion avec la femme que j'aime. Je garde encore le souvenir intact des périples effectués en long-courrier avec Anna. La distance parcourue ajoutée à la magie du décalage horaire, lorsqu'on circulait d'est en ouest, me donnait le sentiment irréel de voler du temps au temps, de chaparder des miettes supplémentaires de vie.

En ce début d'après-midi d'août, dans le triréacteur familier qui nous emportait vers Miami, assis auprès de Mary, m'envolant vers des chaleurs tropicales, j'aurais dû rayonner de joie. En réalité, mon enthousiasme était quelque peu tempéré par les précisions qu'on m'avait apportées, la veille, sur la nature exacte du travail que nous allions effectuer dans les Caraïbes.

Non seulement nous devrions mesurer l'intensité des phénomènes cycloniques, mais – et c'est cette seconde expérience qui me remplissait de crainte –, il était prévu que nous empruntions un avion-laboratoire pour traverser l'un de ces ouragans, afin d'effectuer des relevés en altitude.

La perspective de transpercer l'épiderme d'un de ces monstres, d'affronter des forces pareillement déchaînées, ficelé à l'intérieur d'une modeste carlingue d'aluminium, me semblait pure folie. Je nous imaginais cisaillés par les vents, foudroyés par les éclairs, tandis que la fureur des turbulences ferait craquer la frêle structure de notre habitacle.

Le déroulement de notre saison de chasse m'apprit que mes craintes n'étaient pas infondées. Lorsque nous arrivâmes à Miami, la température était de trente-deux degrés Celsius et le temps, lourd, nuageux, gorgé d'humidité. Nous empruntâmes le Mac Arthur Causeway qui enjambe Biscayne Bay et nous rendîmes à l'appartement que le centre de recherche louait pour Mary, en cette période de l'année. C'était un deux pièces largement vitré donnant sur la lagune d'un côté, et Alton Road de l'autre.

Avant de quitter l'aéroport, j'avais acheté l'édition dominicale du *Miami Herald*, que je feuilletai, installé sur la terrasse. La une du cahier « Tropic » était barrée d'un titre énorme : « The Really Big One. » Des photos d'abomination et de désolation rendaient compte de la puissance d'un ouragan qui, jour pour jour, vingt ans auparavant, avait ravagé la région. Pour le *Herald*, cette commémoration était l'occasion de rappeler à ses lecteurs les conduites à tenir en période d'alerte, et de publier une carte représentant les itinéraires d'évacuation ainsi que les sites des abris.

Le matin, j'accompagnais Mary à Key Biscayne, au Centre d'observation des cyclones tropicaux. Grâce à des photos du satellite géostationnaire GOES, elle avait la possibilité de surveiller la naissance et l'évolution de toutes les formations nuageuses suspectes.

Ensuite, après nous être assurés que tout était calme sur l'Atlantique, nous faisions quelques excursions vers Key Largo, Tavernier et Key West où nous mangions de l'espadon grillé dans le restaurant le plus au sud de l'Amérique. Nous marchions dans les jardins des demeures d'Audubon, d'Hemingway, avant de nous étendre sur le sable farineux de la plage pour voir le soleil se glisser sous l'horizon, là-bas, à une centaine de kilomètres, au large des côtes de Cuba. Nous avions aussi l'habitude de nous rendre dans les Everglades toutes proches. Au bout de la route One, à Florida City, nous bifurquions sur la 27 en direction de Flamingo, Cape Sable et White Water Bay. Nous louions des bateaux à fond plat propulsés par des hélices encagées et sillonnions ces marais sous l'œil apparemment indifférent d'alligators alanguis dans la vase. Moteur coupé, dérivant au milieu de cette faune sournoisement hostile, nous éprouvions le sentiment troublant d'être guettés, épiés par des animaux dont nous dérangions les habitudes. Toutes sortes d'oiseaux s'envolaient sur notre passage et, silencieusement, les herbes d'eau se refermaient derrière nous.

Le soleil brûlant rendait l'humidité irrespirable et nous devions sans cesse nous hydrater en puisant dans nos réserves de soda. J'aimais ce monde marécageux replié sur lui-même, digne, à l'image des grands pelicans qui nous toisaient parfois du haut d'un arbre mort. Nous passions des après-midi entiers dans ces eaux immobiles que nous n'abandonnions qu'à la tombée du jour sur l'injonction des moustiques.

Chaque soir, sur la route du retour, je priais pour que le monde demeurât ainsi, figé, stable, pour qu'aucun papillon ne battît des ailes. Car je savais, là-bas, dans l'Atlantique, des monstres tapis, à l'affût du moindre frémissement de l'atmosphère pour s'abandonner à la valse de Coriolis.

Le matin du 29 août 1995, comme à l'accoutumée, j'accompagnai Mary au centre météo de Key Biscayne. Sitôt ses relevés effectués, nous avions prévu de passer la journée à Naples, une petite ville délicieuse, située sur l'autre côte de la Floride, au bord du golfe du Mexique, à trois heures de route de Miami.

Mary ne vit jamais Naples. Au large de l'Atlantique, une intense dépression tropicale commençait à danser sur les vagues. Les 30 et 31 août, la tempête forcit à tel point que, le lendemain, elle donna le jour à un ouragan de constitution parfaite prénommé Luis. Dès l'instant où ce démon fut baptisé, le comportement de Mary se modifia. Elle ne quitta plus le centre, passant ses journées enfermée dans son bureau, à scruter ses écrans et à étudier les rapports qu'elle recevait d'heure en heure.

Les 2 et 3 septembre, la bête enfla démesurément, agitant en tous sens ses milliards de mètres cubes d'air au-dessus de la mer. Le 4 au matin, tandis que Luis poursuivait sa route rectiligne vers les Antilles, je vis Mary éteindre les moniteurs de surveillance et ranger les derniers bulletins dans son sac. Ensuite, elle décrocha son téléphone et dit à son interlocuteur :

– Vous pouvez préparer l'avion. Plan de vol habituel : escale technique à Porto Rico et arrivée en fin d'aprèsmidi à Antigua. L'idéal serait que l'on puisse décoller vers treize heures.

Cette phrase me vrilla la moelle. Je venais de comprendre que, d'ici peu, une partie du monde allait me tomber sur la tête.

Sur le tarmac de l'aéroport, l'avion nous attendait. C'était un Lockheed Elektra. Malgré ses quatre turbopropulseurs à hélices, il ne m'inspirait pas une grande confiance. Je le trouvais un peu frêle, presque trop racé, trop élancé en regard de la mission prévue.

L'intérieur était équipé d'appareils de télémesure sophistiqués tels que le système Astraia, un radar Doppler aéroporté. Sur la carlingue, différents capteurs rendaient compte de la température extérieure, de la pression, du degré d'humidité et de la vitesse des vents traversés. À l'instant du décollage, je regardai Mary déjà affairée sur ses appareils. Elle n'avait plus d'yeux que pour Luis.

Nous avons atterri à Antigua juste avant la fermeture de l'aéroport V. C. Bird. Le bâtiment de couleur rose ressemblait à une pâtisserie anglaise. Un fort vent balayait la piste, au point que l'Elektra s'était désagréablement dérobé juste avant que ses roues touchent le sol. Dans le ciel de Saint-John's, capitale chétive, roulaient des nuages anthracite. Les arbres, le stade de cricket, les embarcations amarrées dans le port semblaient redouter une impalpable menace. L'air lui-même donnait l'impression de fuir quelque chose.

À vingt heures, Luis n'était plus qu'à une centaine de kilomètres de notre île, mais déjà on apprenait qu'un peu plus au sud, du côté d'Urlings et d'Issac Point, ses gifles arrachaient des plaques de tôle et décapitaient les têtes des palmiers. Tandis que toute l'équipe traquait la course hésitante de ce « classe quatre », je restais à l'écart à fumer et à me demander ce que je faisais là. Mary me semblait aussi lointaine que lorsque j'habitais à Toulouse.

La peur assombrissait mes idées.

Chacun resta ainsi devant ses écrans durant une grande partie de la nuit. À deux heures du matin, l'ouragan décida subitement d'épargner le cœur d'Antigua et infléchit sa course vers le nord-ouest. À quatre heures, Mary mettait la dernière main à ses calculs. Après avoir consulté une dernière fois les images radar, elle se tourna vers ses collaborateurs et dit :

– Si Luis maintient cette trajectoire, la rencontre devrait avoir lieu à neuf heures trente, un peu au nord de l'île de Barbuda. Prévenez Miami et allez vous reposer une heure ou deux.

Ce briefing me rappelait ces films de guerre où de courageux pilotes reçoivent leurs dernières instructions avant de livrer une bataille que tous savent perdue d'avance. Pour conclure, le responsable de l'opération dit toujours : « Allez vous reposer une heure ou deux. »

En quelques instants, la salle de travail se vida de ses occupants. Il ne restait que Mary devant ses cartes et moi face à mes frayeurs.

– Tu veux me faire un café ?

Bien qu'anodine, cette phrase me remplit de joie. Cela signifiait que Mary savait que j'étais resté là, dans son dos, à attendre je ne sais quoi, à continuer de l'aimer dans les tourbillons de la dépression. Luis la captivait, mais, en ces heures sombres, c'est vers moi qu'elle revenait.

Je lui portai une pleine tasse. Elle but une gorgée et dit :

– Ferme la porte.

– Elle est fermée.

– À clé.

Mary se leva de sa table, étira un instant ses bras en arrière avant de les glisser tendrement autour de mon cou. Tout en m'embrassant, elle fit descendre l'une de ses mains vers mon entrejambes, tâtonna un instant et trouva ce qu'elle y cherchait. L'atmosphère était lourde, moite. Le vent s'acharnait contre les persiennes. Je sentais le bout des seins de Mary se frotter contre ma poitrine. Tout se mêlait, la fatigue, les images de ma maison, des scènes de *Key Largo* et le souvenir de la prothèse d'Anna. Une radio à ondes courtes grésillait dans la pièce voisine. Je me demandai si, à l'instar des tornades, l'ouragan ferait fondre la monnaie que j'avais dans les poches. La bouche de Mary dévorait mon cou en murmurant :

– *What gives me hope, I suppose is the possibility of grace.*

Puis en une brutale transition, elle empoigna mon sexe et dit :

– *Whose is it ? Whose is it ?*

Était-ce l'effet de la proximité de la tempête ? Je ne peux le dire. Mais, pour la première fois, je me risquai à l'usage de l'anglais en répondant naïvement :

– *Mine.*

Sa prise se fit alors plus ferme, plus douloureuse aussi. Elle réitéra sa question, et je n'eus d'autre choix que d'avouer :

– *Yours. But it hurts.*

Malgré les mises en garde du responsable de l'aéroport, nous avons décollé vers huit heures trente. Luis était à peine à quatre-vingts kilomètres, au nord-est de Barbuda. De temps à autre, l'avion faisait des embardées vertigineuses. Il semblait déraper sur des plaques de verglas. Dans cette carlingue où tout le monde avait une tâche bien définie, je m'efforçais de contrebalancer chacun des écarts de l'Elektra avec tout le poids de mon corps.

21

À mesure que nous nous approchions du monstre, l'avion prenait des allures de bateau ivre. Les pilotes se battaient littéralement avec leur manche. Nous encaissions des secousses aussi brutales que soudaines et, quand je regardais au travers du hublot, j'avais l'impression qu'une grande main invisible s'amusait à faire ployer les ailes. À un moment, un collaborateur de Mary annonça :

– Cent nœuds.

C'était la vitesse des vents extérieurs. Cent quatre-vingts kilomètres à l'heure. Puis cent quatre-vingt-dix, deux cents, deux cent dix. Ces chiffres qui croissaient ne faisaient qu'ajouter à mon vertige. Dehors, la masse nuageuse était si compacte qu'on ne voyait plus rien. Ni aile, ni moteur, rien. Les vibrations prenaient une ampleur inquiétante. Je voyais dinguer en tous sens la queue de cheval de Mary, tandis qu'elle, impavide, poursuivait ses enregistrements. Les doigts plantés dans les accoudoirs, tel un chat qui s'agrippe aux rideaux, je m'accrochais à ce qui me restait de vie.

Deux cent vingt. Une nausée que je ne connaissais que trop bien étreignit ma gorge. À deux cent trente, il y eut un choc terrible, puis, soudain, le calme total. C'est à cet instant précis que mon estomac rendit l'âme. Lorsque je redressai la tête, nous avions changé de monde.

Ce que je voyais était si stupéfiant que j'en oubliai mon malaise. Nous étions entrés dans l'œil du cyclone, cette immense cheminée où tout n'est que calme, paix et sérénité. Ce long tuyau nuageux semblait faire le lien entre la terre et le ciel. De cette altitude, nous pouvions parfaitement distinguer l'une et l'autre aux deux bouts du boyau.

Nous avons décrit des cercles à l'intérieur de ce gigantesque cylindre afin de prendre des photos. Je ne voulais plus sortir de ce havre. Ne pouvant nous évader ni par le haut, ni par le bas, je priais pour que nous restions là, pour que nous tournions en rond indéfiniment dans ce tube, pour que nous y finissions notre vie.

Le pilote amorça un dernier virage et, à mon grand désarroi, attaqua la muraille de front. Pareilles à des perceuses, les hélices de l'Elektra attaquèrent la paroi nuageuse. Sanglé à mon siège, retenant mon souffle, je me surpris alors à murmurer ces mots entre mes lèvres : « Éthan, nom de Dieu ! je t'en prie, tire-moi de là. »

Lorsque je posai le pied sur l'aéroport de Miami, la vie m'apparut comme un cadeau inestimable. J'avais envie d'embrasser tous les pilotes et toutes les hôtesses que je croisais. Mary, elle, était très impatiente d'étudier les données qu'elle avait amassées. Avant de rentrer à l'appartement, nous fîmes un crochet par le centre de Key Biscayne. Avec les trophées que nous rapportions, je pensais sincèrement la saison de chasse terminée.

C'était sans compter sur Marilyn, un vigoureux « classe trois », qui, à deux mille kilomètres, était en train de naître au milieu du monde.

Le 14 septembre, lorsque Mary m'annonça notre nouveau départ pour Porto Rico, je me rembrunis.

– Tu n'as pas envie de venir ?

– Sincèrement, je ne sais pas. La première expédition m'a déjà bien secoué.

– Tu n'es pas obligé. Tu peux m'attendre ici en regardant la météo.

En vertu de quelle convention collective le futur présentateur du Weather Channel québécois devait-il se colleter avec de tels éléments ? À quoi me serviraient ces expériences extrêmes pour annoncer toutes les neuf minutes que la neige ralentissait le trafic sur l'autoroute Decarie ?

Durant le trajet qui nous conduisait à l'aéroport, je ne prononçai pas une parole. Et, une fois sanglé dans l'Elektra, assis dans mon coin, je dépliai ostensiblement le *Miami Herald*, manifestant ainsi un désintérêt total pour ce qui se préparait.

Cette fois, la rencontre eut lieu à l'ouest de Basse-Terre, non loin de l'île de Monserrat. Marilyn s'avéra moins brutale, plus féminine que Luis. Près de son œil, les capteurs enregistrèrent des vents oscillant entre cent cinquante et cent quatre-vingts kilomètres à l'heure. Je mis un point d'honneur à faire semblant de poursuivre la lecture de mon journal alors que mes yeux hagards divaguaient dans le désert des petites annonces.

Au lieu de revenir à Miami, le pilote posa Elektra à Porto Rico. Selon les calculs de Mary, Marilyn devait frapper l'île dans la nuit du 16 septembre. Nous installâmes toute une batterie d'appareils de mesure près de la côte en guettant, dans un abri sommaire, les premières offensives de l'ouragan.

Venant de l'est, ponctuel, il surgit dans la nuit. Ses pluies noyaient la terre, ravinaient les sols. Ses vents arrachaient les arbres, déchiquetaient les toitures. Les vagues atteignaient des creux de sept mètres. Chaque fois que ces tonnes d'eau s'abattaient sur la grève, l'air semblait vrombir. Notre refuge tressaillait sous les rafales. Toute l'équipe de météorologues aériens semblait cette fois terrorisée. À force d'ausculter ces monstres en altitude, de les palper avec leur radar Doppler, ils avaient fini par oublier leur taille réelle.

Deux jours auparavant, ces scientifiques jouaient avec une entité abstraite, des images de synthèse. Cette fois, couchés au sol parmi les arbres, ils subissaient la loi commune.

Au milieu de cette dévastation, à deux pas d'une ville endeuillée et meurtrie, seule Mary conservait toute sa maîtrise allant jusqu'à citer Annie Dillard : « *Admire the world for ever ending on you, as you would admire an oppo-*

nent whithout taking your eyes from him, or walking away. » Lorsque le jour se leva, je n'avais qu'une question en tête : laquelle de Mary ou de Marilyn était la plus cruelle ?

Il pleut sur Jérusalem. L'odeur de la terre mouillée pénètre dans ma chambre. Je songe à ma maison de Toulouse. De semblables effluves planaient toujours sur la terrasse après l'orage du soir. À quoi ressemble-t-elle aujourd'hui ? Je me demande si les enfants s'y sont installés. S'ils entretiennent le jardin. S'ils tondent la pelouse.

Où est Anna ? Rôde-t-elle encore à Jérusalem ou bien est-elle rentrée chez nous ? Qui la touche ? Se montre-t-elle toujours aussi habile avec ses doigts de silicone ?

Je m'aperçois que je viens d'écrire « Est-elle rentrée *chez nous* ? » Quel est donc cet endroit ? Où donc ma tête est-elle allée chercher cette idée de foyer commun ? Dans ma mémoire reptilienne, sans doute. Au tréfonds du passé. Au creux de ce noyau en fusion que nous possédons tous, qui nous ronge chaque jour, nous rappelant sans cesse ce que nous sommes, d'où nous venons, et nous interdit de trouver la paix.

Je suis dans le parc de la clinique. J'ai quitté ma table pour marcher sous l'averse. L'eau rafraîchit la peau de mon visage, lui redonne un peu d'humanité. Je voudrais rentrer chez moi. Pousser la porte. Promener mon regard dans la pièce. Constater que tout est demeuré en l'état. Les pendules sont toujours à l'heure. Le temps a respecté mon absence. Les choses m'ont attendu. Je m'assois sur le canapé. J'attends patiemment que quelqu'un pousse la porte et me dise : « Tu n'as pas changé. »

J'ai changé. Trop profondément. Trop rapidement. Je ne remonterai plus sur ma moto BSA. Je n'irai plus jamais faire des courses avec Clarice accrochée dans mon dos. Je ne verrai pas davantage les cheveux de mon fils flotter dans le vent de la vitesse. J'ai connu plus de femmes que je n'ai possédé de voitures. Simon est-il la pire part de moi-même ? Peut-on gifler quelqu'un avec une prothèse de silicone ? Mon père désirait-il le corps de ma mère ou seulement ses strudels ?

Je suis né la nuit, je crois que je mourrai de jour.

J'aimerais mieux que cela se produisît en fin de semaine.

Mon corps donnera la vie à une nuée de mouches.

Anna Baltimore et Mary Kentell m'ont élevé de ma condition. Ces femmes étaient au-dessus de mes moyens. Je connais le poids de ma dette envers elles. Je les ai aimées à tâtons et baisées dans toutes les positions.

Tout cela fait-il un homme ? Je vis d'Anafranyl. C'est déjà un élément de réponse.

Cette promenade a eu sur moi un effet inverse à celui que j'escomptais. J'en reviens mentalement fourbu. J'allume une cigarette et m'installe à nouveau à ma table de travail. Encore quelques jours et j'en aurai fini avec cette introspection. Et ensuite ?

La période des ouragans prit fin dès la première semaine d'octobre 1995. Mary et moi regagnâmes Montréal sur le vol 933 d'Air Canada.

Passée la brutalité de ces expéditions, je fus ravi de retrouver la douceur de Westmount. Dès notre retour, Mary me cajola avec cette tendresse que l'on témoigne à un enfant auquel on a conscience d'avoir infligé des épreuves au-dessus de ses forces. Mais ces caresses ne parvenaient pas à chasser le cauchemar récurrent qui, désormais, me hantait toutes les nuits : j'étais nu devant une caméra de télévision et, dissimulant mon sexe derrière une main, j'ânonnai les températures prévues pour le lendemain dans les cantons de l'est.

Lorsque j'étais arrivé à Montréal pour m'installer chez Mary, ma vie tenait dans deux bagages à main. J'employai donc mes dernières semaines de liberté à l'achat de vêtements et de chaussures capables d'affronter la rigueur de l'hiver. Je cherchai aussi une voiture d'occasion. En dépit du climat, je voulais un petit cabriolet deux places. Je n'ai jamais possédé que des décapotables. Une Volkswagen, deux Triumph, une MGB. J'avais en tête d'acquérir un spider plus récent : une Mazda Miata, un véhicule fiable, franc, qui freinait droit et démarrait le matin.

J'achetai *Auto Trader Hebdo* et parcourus toutes les annonces. À l'évidence mes moyens ne me permettaient pas d'acquérir un tel modèle. Trois jours avant mon rendez-vous avec le directeur de Canal Météo, j'étais toujours en quête d'un véhicule. Je m'étais résigné à l'idée d'acheter n'importe quelle berline bon marché : une vieille Chrysler New Yorker ; une Buick Regal ; une Chevrolet Caprice ; ou une Mercury Brougham. Bref, un de ces engins démodés dont plus personne ne voulait. Tandis que nous dînions près de la cheminée du grand salon, je dis à Mary :

– Il faut que je me décide demain. Je n'ai plus le choix.

– Mange tranquillement. Oublie ça.

– Comment veux-tu que j'oublie ça ? Tu es drôle. Évidemment, quand on conduit tous les jours une voiture de l'année, on n'a pas ces problèmes. Par moments, je te trouve d'un incroyable égoïsme.

En guise de réponse, Mary me sourit tendrement avant de se pelotonner au plus près du feu.

Le lendemain, Mary ne travaillait pas et nous passâmes une grande partie de la matinée au lit. Elle murmura : « *Stroke my breasts.* » Ou « *Kiss my lips.* » Et encore « *Lick in the depths of me* .» Tout en exécutant ses ordres, je n'arrivais pas à oublier que, sur un parking miteux, les soupapes gercées d'une vieille américaine encrassée attendaient ma visite.

Vers midi, nous décidâmes d'aller prendre un brunch dans un petit restaurant situé près de l'appartement. Nous allions quitter Lansdowne, lorsque j'aperçus une splendide Miata noire, garée près du trottoir. Mary s'arrêta un instant devant elle et dit :

– Il t'en faudrait une comme ça.

Je m'inclinai, la main en forme de visière au-dessus des yeux pour éviter les reflets. À travers la vitre, semblable à un enfant devant une vitrine de Noël, j'admirai ce petit intérieur ergonomique et douillet dans lequel je ne m'assiérais jamais.

Durant le déjeuner, Mary se montra enjouée, heureuse, riant de tout. Son humeur contrastait singulièrement avec mon état d'esprit. Je me voyais déjà assis à l'intérieur d'une antiquité de la General Motors empestant la vieille bière et le maïs grillé, tandis qu'accoudé à la portière, un vendeur grec mal luné et roublard bougonnait : « À ce prix-là, de toute façon, vous ne pouvez pas espérer grand-chose. »

Lorsque nous avons repris le chemin de la maison, la Miata était toujours garée au même endroit.

En arrivant à sa hauteur, Mary Kentell sortit une main de sa poche et me tendit un petit anneau au bout duquel pendait une unique clé :

– Si on l'essayait ?

Je me demandai ce qui se passait, ce qui m'arrivait et, surtout, ce que j'avais bien pu faire pour mériter ce cadeau. Je pris Mary dans mes bras et la serrai à lui briser les côtes. Des larmes me montaient aux yeux. Je lui dis que je l'aimais, que je ne pouvais pas accepter ce présent, qu'elle était folle, que j'étais l'homme le plus heureux du continent.

Pour la deuxième fois, une femme m'offrait un cabriolet. Cette pensée fugace me remplit d'une fierté imbécile, désespérément masculine.

Lorsque le petit quatre-cylindres émit sa musique, j'embrassai ma bienfaitrice et, telle une salamandre au printemps, me faufilai dans la circulation. Je conduisais du bout des doigts.

Mary m'observait, semblant imprimer dans sa mémoire toutes ces secondes de bonheur.

22

J'ignore ce qu'il est advenu de cette voiture aujourd'hui. Si Mary l'a gardée ou bien si cette décapotable moisit sur le parking d'un revendeur mal embouché.

Mais je me rappelle que chaque fois que je montais dans la Miata, je me jurais intérieurement de rembourser cette dette au centuple, de vouer ma vie à prendre soin de Mary.

C'est au volant de la Mazda que, début novembre, je me rendis dans les locaux de Canal Météo. Le directeur de la chaîne portait le nom bizarre de Conrad J. Conrad, inscrit à l'américaine, en lettres de cuivre, sur un petit support de bois posé au centre de son bureau. C'était un homme de haute stature avec cette carnation propre aux Irlandais. Ses cheveux roux, légèrement ondulés, lui conféraient une espèce d'aura flamboyante.

– Ravi de vous accueillir parmi nous.

Conrad semblait sincère. Il frottait vigoureusement ses mains l'une contre l'autre.

– Je viens de voir les essais que vous avez faits tout à l'heure. C'est très encourageant. Laissez-moi quand même vous donner deux ou trois conseils.

Il saisit son auriculaire, pratique fréquente chez les Anglo-Saxons lorsqu'ils s'apprêtent à développer une question en plusieurs points.

– *Règle numéro un :* oubliez tout ce que vous savez. Ici, pas de place pour les considérations scientifiques ou le vocabulaire compliqué. De la clarté, de la concision et aussi une certaine familiarité. Les téléspectateurs doivent avoir l'impression que vous vous adressez à eux personnellement, que vous compatissez à leurs problèmes de circulation. S'il neige, si le blizzard souffle, dites-leur de faire attention, d'être prudents, de bien se couvrir. Le public adore qu'on le dorlote. *Règle numéro deux :* portez des costumes sombres, ça passe mieux à l'image. Et toujours une cravate. Été comme hiver. Les gens adorent les cravates. Surveillez aussi la coupe de cheveux, en particulier votre nuque. N'oubliez pas que vous serez souvent de profil devant la caméra. Une nuque douteuse ne pardonne pas. *Règle numéro trois :* soignez énormément le travail des mains. Ce sont elles qui font vivre la carte, ce sont elles que l'on suit des yeux. En conséquence, elles doivent toujours demeurer aussi rigides qu'un bâton, les doigts bien collés les uns aux autres. C'est le bras qui bouge, jamais la main. *Règle numéro quatre :* l'aisance sur le fond bleu. Là, pas de mystère. Il faut vous exercer devant l'écran de contrôle. Vous devez pouvoir vous déplacer sur cette carte imaginaire aussi facilement que dans votre salle de bain. C'est la base du métier, les gammes. Je vous souhaite bonne chance, monsieur Klein.

La semaine suivante, je passai mes journées à me familiariser avec cette fameuse technique des incrustations. À l'issue de cet entraînement intensif, le chef d'antenne me trouva suffisamment aguerri pour me lancer devant la caméra et programma ma première apparition pour le samedi 11 novembre, jour du Remembrance Day.

Lorsque le cameraman-chef de plateau me fit un signe pour m'avertir que j'étais sur les ondes, je n'éprouvai aucune angoisse, aucune appréhension. Engoncé dans une tenue de maître d'hôtel, je mesurai simplement le chemin parcouru depuis mon admission au concours de la Météorologie nationale. Toutes ces années d'études pour annoncer, vingt ans plus tard, qu'il allait pleuvoir d'Ottawa à Rimouski, que la neige effleurerait Chicoutimi, recouvrirait, en revanche, les toits d'Amos, de Paradis, de Chibougamau et que, en raison de ce temps maussade, en ce week-end du Souvenir, il convenait de se montrer prudent sur les routes humides et encombrées.

Ce jour-là, toutes les neuf minutes, m'efforçant à chaque apparition de prendre un air concerné, je répétai ce bulletin, suivi, comme dans mon cauchemar, de la litanie des températures. À chaque pause, le cameraman me répétait : « Ta main est trop molle. Tiens-la bien raide et garde les doigts collés. » Ou : « Tu bouges trop le corps. Reste droit et sers-toi davantage de ton bras. » Sur le chemin de la maison, il me vint à l'idée qu'Anna, avec son infirmité et sa prothèse, aurait fait une formidable animatrice météo. Pour ma part j'avais le sentiment d'avoir été ridicule tout au long de cette journée du Souvenir, que je n'étais pas près d'oublier.

Lorsque je poussai la porte de l'appartement, je trouvai Mary assise près de la cheminée, un livre à la main. Je fus tout surpris de découvrir que, pour lire, elle portait des verres demi-lunes.

Avant de la rejoindre près du feu, je passai par la cuisine prendre un soda au réfrigérateur et allumai une cigarette. Je voulais oublier mes pantomimes, ce maudit fond bleu et la tête de lémurien du cameraman. Mary me fit une place auprès d'elle, caressa mes cheveux et lissa mes paupières de ses doigts brûlants. Elle dit :

– J'ai une surprise pour toi.

Elle se saisit de la commande du magnétoscope et appuya sur une touche. Des rayures zébrèrent un instant l'écran, puis, émergeant de la neige cathodique, j'apparus dans le cadre. J'avais l'air sournois d'un marchand de voitures d'occasion occupé à trafiquer un compteur kilométrique. Mary monta le son et j'entendis le timbre de ma voix hésitante : « Durant ce week-end, le temps ne s'améliorera guère. Alors, si vous êtes sur les routes, soyez prudents et respectez les limitations de vitesse. »

Frissonnant de honte et de gêne, je dis :

– Je t'en prie, Mary, éteins ça !

– Tu as été formidable.

– Éteins ça !

Face à la sécheresse de ma réaction, elle marqua un instant de surprise, puis, d'une légère pression du doigt, me renvoya dans le noir.

Bien après que Mary eut regagné notre chambre, je demeurai là, au pied de l'âtre, à regarder mourir les braises. J'avais le sentiment d'assister à la consomption de ma propre dignité.

Le lendemain, présentant des bulletins quasi identiques à ceux de la veille, tel un triste diable, je ressortis de ma boîte toutes les neuf minutes. Entre les plateaux, le cameraman de service, un jeune roquet d'un vingtaine d'années, me livrait sa façon de voir.

– Y a longtemps que tu fais ce métier ?

– J'ai commencé hier.

– Ça se voit. Tu te tiens comme une saucisse. Tu faisais quoi avant ?

– Météorologue.

– Je le crois pas ! Météorologue ? Pourtant t'as vraiment l'air de rien y connaître. Je t'imaginais taxi, un truc comme ça. Fais gaffe, mets-toi en place, c'est à toi dans vingt secondes.

Le lundi, Conrad J. Conrad me convoqua dans son bureau. Avec une très britannique politesse il me fit savoir qu'il était satisfait de mes débuts, mais considérait, par ailleurs, que j'étais hautement perfectible. Il me demandait notamment d'être « plus présent, de mordre dans la caméra ».

Je ne comprenais rien à ce qu'il racontait. Au moment où je quittais la pièce, Conrad ajouta :

– Au fait, Klein. Faites-vous blanchir les dents.

Je n'ai pas vu passer cette journée. Voilà que je lève la tête, et la nuit est tombée. J'aime qu'il en soit ainsi. Cela prouve que j'avance. J'ai parcouru la majeure partie du chemin. J'en éprouve une certaine fierté. Au départ, en raison de mon état général, je ne donnais pas cher de mes chances. Maintenant, je crois que je sortirai réconforté de cette expérience. Au moins m'aura-t-elle appris que je ne possédais aucune énergie, aucune autonomie propre, que j'étais une sorte de voilier. J'avais besoin de vent pour avancer, besoin qu'une femme m'apportât son souffle de vie. De ce point de vue, ma réclusion a été un bienfait.

J'ai faim. Envie d'une autre nourriture que celle que l'on me sert ici. Je voudrais manger un guacamole bien relevé, des *fajitas*, des crevettes au pamplemousse, une salade d'épinards frais avec du melon, et des cerises bien fermes, des bigarreaux.

Autour d'une table recouverte d'une nappe blanche et fraîche, je souhaiterais partager ce repas avec Anna et Mary. Pour qu'elles me disent si j'ai fait fausse route. Pour savoir ce qu'elles gardent de moi. Pour les revoir.

« Ce qu'il faudra de choses nouvelles pour remplacer les précédentes. »

Éthan aimait beaucoup Anna. Mais son cœur était assez grand pour faire une place à Mary. S'il l'avait connue, de son petit air pointu, il m'aurait sans doute dit quelque chose comme : « Cette femme est beaucoup trop belle pour toi. »

– Vos pilules du soir, monsieur Klein.

C'est l'infirmière de nuit. Elle me tend une petite boîte contenant trois cachets. Je dois les avaler devant elle. C'est la règle.

– Vous vous laissez pousser la barbe ?

Depuis combien de temps ne me suis-je pas rasé ? Cinq jours, une semaine, peut-être.

– Un ami m'a donné des journaux français, aujourd'hui. Ils sont en bas. Ça vous ferait plaisir de les lire ?

– Vous êtes gentille, merci.

– Ce qui se passe dans votre pays ne vous intéresse pas ?

– Non.

La franchise de ma réponse l'a choquée. Elle l'a prise en mauvaise part. Elle s'éloigne avec son petit chariot sans me dire bonsoir.

Encore une heure ou deux avant que les somnifères fassent leur effet. Parfois ils m'assomment brutalement. Parfois leur effet est beaucoup plus lent. Cela doit dépendre de mon degré d'excitation. Avant de continuer mon histoire, je fume une cigarette devant la fenêtre. Sur fond de nuit noire, j'aperçois mon reflet sur la vitre. Tandis que j'observe en détail l'image de cette gueule émaciée, l'idée me vient que, de l'autre côté du carreau, c'est Simon qui me regarde.

23

Hier soir, j'ai été incapable de poursuivre mon travail. Les drogues m'ont abattu instantanément. Je me demande si Tsarian n'a pas fait augmenter mes doses. Je lui poserai la question.

Je viens de prendre une longue douche. Mes mains sentent le savon frais. Je porte des vêtements propres. Il est tôt. Je vais pouvoir travailler un peu en attendant l'heure de la perfusion.

– Monsieur ! Hé ! monsieur !

C'est la patiente scatophile qui glisse sa tête par la porte.

– Je vous cherchais. Je savais que vous habitiez dans ce secteur du couloir. Venez, j'ai besoin, je vais faire. Il faut que vous voyiez que c'est bien moi qui expulse tout ça. Il me faut un témoin, pour le docteur, vous comprenez ? Venez vite.

– Sortez de cette chambre.

– Personne ne me parle sur ce ton, raclure ! Personne !

Je te vomis dans la bouche ! Je vais te trouer, moi, je vais te percer, salaud ! Suce ton cul, pédé de ta queue !

Tandis qu'elle éructe, son visage se masculinise et des muscles pareils à ceux d'un gros chien roulent sur ses avant-bras. Soudain, elle se tait, une ombre passe dans ses yeux, et elle sort en fermant délicatement la porte derrière elle.

Qu'elle aille au diable. C'est ce que je pense.

Au début du mois de décembre, en l'espace de quelques jours, l'hiver dégringola sur Montréal. La température tomba brutalement et le blizzard s'engouffra dans toutes les rues de la ville. À la station, la nature de mon travail s'en trouva modifiée. Mon rôle ne se réduisait plus à des gesticulations insanes. En cette période de l'année, en ces climats extrêmes, les informations que je donnais avaient un sens véritable. Elles pouvaient réellement aider les gens, leur simplifier la vie et, parfois même, la leur sauver. L'époque des bulletins balnéaires était terminée, nous travaillions maintenant en état d'urgence, dans un registre proche de celui de la protection civile. Je ne me contentais plus de réciter les annonces à l'antenne. J'étudiais réellement le temps.

Je ne bénéficiais pas de la puissance de calcul du Cray, mais je mettais à profit le flair et l'expérience que j'avais acquis quand j'étais chef prévisionniste. Conrad J. Conrad s'amusait de me voir ainsi plongé dans les sinusoïdes des courbes atmosphériques. Lorsqu'il passait près de ma table, il me répétait : « Vous nous faites une météo à votre façon, monsieur Klein ? J'ai hâte de découvrir cela devant mon poste. »

Quelques jours avant Noël, le thermomètre descendit jusqu'à moins vingt-cinq degrés Celsius. Lors du dernier bulletin du soir, en guise de conclusion, je demandai aux téléspectateurs de se préoccuper des sans-abri qu'ils pouvaient rencontrer. Je les incitai à les héberger temporairement, ou, à défaut, les orienter vers des organisations spécialisées. D'un ton grave et pour une fois concerné, je terminai ainsi mon allocution : « Par ce froid, ce soir, dans cette ville riche, aucun homme, aucune femme ne doit passer la nuit dehors. »

Le lendemain, Conrad me convoqua dans son bureau dès mon arrivée.

– Ce que vous avez dit hier à l'antenne était hors sujet. Vous êtes totalement sorti du cadre de vos attributions. Et pourtant j'ai trouvé ça formidable. Plein d'humanité. Paul, vous venez d'inventer un nouveau concept : la météo caritative. Où donc êtes-vous allé chercher une idée pareille ? Dans vos satanées cartes ? Je vais faire une note pour que, tout au long de l'hiver, le dernier présentateur du soir dise quelques mots sur le sort fait aux déshérités. À mon avis, cela ne changera pas grand-chose au destin de ces malheureux. En revanche, je suis persuadé que cet exercice de charité ne peut que bonifier notre image. Vous voyez, Paul, même si je continue à trouver que vos mains passent mal à l'écran, je suis ravi de vous avoir engagé.

Venant d'un homme qui mélangeait tout, la fermeté de mes doigts, la miséricorde et les parts de marché, ces compliments me laissèrent perplexe.

Je passai le réveillon de Noël et celui du Jour de l'An à la station, avec un cameraman haïtien qui débutait dans le métier. Il ne cessa de manger des bananes tout au long de ces soirées. Pour lui, ce fruit valait toutes les dindes du monde, tant il lui prêtait des pouvoirs surnaturels. À la fin des programmes, les peaux déjà noircies jonchaient le sol du studio. Réchauffées par la chaleur des projecteurs, ces épluchures dégageaient une odeur forte et sucrée.

Durant les pauses, je priais pour que Mary n'eût pas l'idée de me regarder à la télévision. En ces soirées de fêtes, la chaîne avait exigé de tous ses présentateurs qu'ils portent un smoking.

En janvier, d'énormes tempêtes de neige balayèrent le Québec. Il pouvait tomber trente ou quarante centimètres en une seule nuit et l'on devait sans cesse déblayer les voies de circulation et les saler pour combattre le gel. Dans cet environnement hostile, ma Miata se révéla parfaite. Chaque matin, elle démarra loyalement et tint son rang sur les routes verglacées. Le chauffage tournait à plein, mais ne pouvait totalement faire oublier les langues polaires que le blizzard arrivait à glisser au travers des moindres interstices de la capote.

En février, la veille de mon anniversaire, Mary et moi partîmes passer une semaine en Californie. Nous décollâmes à dix heures du matin sur le vol 797 à destination de Los Angeles. Le soir même, au cœur d'un autre monde, nous dînions sur les bords du Pacifique, au Mermaid Restaurant, face à la jetée de bois d'Hermosa Beach.

Le lendemain, nous nous sommes promenés sur l'île de Catalina dans la douce tiédeur du soleil d'hiver. Le soir, pour fêter dignement mes quarante-six ans, nous nous sommes fait servir un dîner dans notre chambre, au douzième étage du Roosevelt Hotel. Situé sur les hauteurs de Hollywood, cet établissement offrait une vue plongeante sur toute la ville dont les lumières s'étendaient à perte de vue. Dans le noir, près des grandes baies vitrées, serrés l'un contre l'autre, nous contemplâmes longtemps cette riche plaine scintillante où jamais la neige ne tombait.

Puis Mary me demanda de m'allonger sur le lit et me demanda de regarder le plafond, les bras en croix. Elle marcha un moment dans la pièce, allant et venant lentement. Revenant près de moi, elle posa sa main sur mon ventre, prit mon sexe entre ses doigts et commença à me caresser.

– Si tu veux que je te fasse jouir, tu dois d'abord parler, parler sans cesse, me dit-elle. Parce que dès que tu te tairas, je m'arrêterai.

J'enviais à Mary ce talent qu'elle avait de créer une situation érotique à partir de rien.

– Il y a quelques années, j'étais dans ce même hôtel quand a eu lieu le fameux tremblement de terre qui a détruit tout l'ouest de la ville. Je ne sais plus à quel étage j'étais.

Tandis que je prenais un moment de réflexion pour me remémorer les circonstances de cette nuit effrayante, la main de Mary se figea instantanément.

– Ça a commencé vers trois heures du matin, je crois.

Les caresses reprirent.

– Il y eut un grondement qui semblait provenir de l'autre bout de la terre, puis, aussitôt après, des secousses très violentes.

Je marquai une pause. Mary aussi.

– Et là, tout a volé. Le téléphone a bondi dans le lit, le téléviseur est tombé de son socle, les meubles se sont mis à dinguer dans tous les sens, pendant que l'alarme de l'hôtel hurlait dans les couloirs. Ça a duré à peu près une minute. Je ne comprenais pas vraiment ce qui se passait. Je m'accrochais, je luttais contre des forces inconnues, c'est tout ce que je pouvais faire.

Le plaisir croissant que j'éprouvais me brouillait les idées, mais je savais que le moindre silence, le plus petit temps mort me serait fatal, et me ramènerait à mon point de départ. À court de mots, l'idée me vint subitement de réciter chacune des lois mathématiques que je connaissais. Cette initiative sembla plaire à Mary, et tandis que je faisais étalage de ma science, je sentais ses doigts resserrer leur prise.

– « [...] à un instant quelconque l'accélération totale du mouvement composé d'un mobile est la résultante de l'accélération, à cet instant, du mouvement relatif du mobile donné, de celle du mouvement d'entraînement du point géométrique où se trouve alors le mobile, et d'une troisième accélération complémentaire, appelée accélération de Coriolis. »

Je n'eus que le temps d'arriver au terme du théorème de Gaspard Coriolis. Ensuite, emporté par des forces que cet ingénieur des Ponts et Chaussées jamais n'imagina, traversé par tous les tremblements de la terre, j'émis un long cri de bonheur qui dut faire tressaillir tout l'étage de l'hôtel.

Au terme de cette nuit algébrique, nous louâmes une voiture et partîmes pour San Francisco en empruntant le Pacific Coast Highway, puis la route numéro un, qui longeait la côte. Ces paysages somptueux où la terre se mêlait aux eaux, cette lumière poudrée aux reflets d'or, cette femme aux mains de velours conduisant une voiture silencieuse, tout cela concourait à me persuader que je traversais un coin de paradis.

– Tu as vu tous ces moutons ?

Je tournai la tête et ne vis qu'un paisible troupeau de vaches laitières. C'est à cette occasion que je pris la mesure de la myopie de Mary. Un jour, pensai-je, elle me perdra de vue.

L'hôtel qui nous accueillit sentait le gâteau à la cannelle.

L'après-midi, sur la plage, nous regardions les rouleaux du Pacifique mordiller les pattes des chiens les plus téméraires.

Le soir, il nous arrivait de dîner au dernier étage du Fairmont Hotel, au sommet de ce bocal panoramique qui dominait la baie, les lumières d'Oakland, les feux des bateaux quittant la rade et l'ombre fantasmatique du pénitencier d'Alcatraz. Et nous restions là, apaisés, fascinés par toutes ces lueurs qui brillaient dans la nuit.

Cela se passait trois semaines seulement avant que Tsarian m'appelle de Jérusalem. Glissant sur le dos du Golden Gate, grisé par les rires de Mary, j'étais alors à cent lieues d'imaginer les événements qui se tramaient.

– Déjà au travail, monsieur Klein ?

Je n'ai pas besoin de me retourner pour reconnaître la voix tonique et haut perchée de Norma.

– Venez un peu par ici, que je m'occupe de votre bras.

Toujours cette même maladresse. Ces doigts imprécis. Cette aiguille qui se ravise au moment de plonger dans le bleu. Quand cette femme apprendra-t-elle à faire convenablement son métier ?

– Vous parlez hébreu, monsieur Klein ?

– Pas du tout.

– Votre frère le pratiquait couramment. C'était un patient délicieux, si gentil et si drôle.

Drôle, Simon ? C'est vraiment le dernier adjectif qui me serait venu à l'esprit pour le qualifier.

– Toujours le mot pour rire. Ses veines étaient aussi difficiles à attraper que les vôtres. Alors quand je mettais du temps à le piquer, il me disait toujours : « Norma, vous ne ferez jamais un bon moustique. »

J'ai du mal à croire ce que j'entends. Simon, gentil et facétieux. C'est le monde renversé.

– Vous me faites mal.

– Qu'est-ce que vous voulez que j'y fasse ? Vous avez des

vaisseaux de moineau. Vous savez ce qu'ils ont passé hier soir à la télévision ? *Cléopâtre.* Je ne l'avais jamais vue. Un film de quatre heures, vous vous rendez compte ? Quel bel homme, ce Richard Burton. Vous voilà enfin équipé. Vous n'êtes vraiment pas facile à épingler.

Je suis encore sous le choc du jugement que Norma vient de porter sur Simon. Comment quelqu'un d'aussi austère, à la nature aussi sombre, de surcroît aux prises avec une dépression, a-t-il pu avoir l'esprit à plaisanter de la sorte ? « Vous ne ferez jamais un bon moustique. » Tout cela lui ressemble si peu.

Je veux conclure avant midi ma période québécoise. En écrivant cela, je m'aperçois que ma vie peut se lire, se fractionner en une série d'époques. Et que, passant de l'une à l'autre, à l'image d'un peintre, j'ai, à chaque fois, changé de manière et de style. Mais peut-être est-ce là le lot commun.

« Vous ne ferez jamais un bon moustique. » Mon jumeau est-il un autre ?

La myopie de Mary l'empêchait de discerner les vaches des moutons.

Qui pourrait dire la cause de mon aveuglement ?

24

L'avion décrivit une courbe sur la gauche, s'aligna sur l'est puis amorça sa descente. Malgré la nuit, au travers du hublot, je distinguais les reflets du Saint-Laurent et toutes les fumerolles qui s'élevaient des immeubles. Vu de cette altitude, Montréal ressemblait à un gros animal roulé en boule. Le pilote annonça qu'au sol la température était de moins trente-deux degrés Celsius.

Lorsque les portes coulissantes de l'aéroport se refermèrent derrière nous, une main glaciale m'empoigna à la gorge, un blizzard polaire s'engouffra dans mes bronches et cisailla mes chevilles avant de me saisir les cuisses.

Je n'avais jamais connu pareille sensation. Toute la douceur californienne dont j'étais encore porteur se brisa comme du cristal.

Soumis à ces températures extrêmes depuis plusieurs jours, le Cherokee eut du mal à lancer ses huit cylindres. Mais lorsque le moteur parvint à son régime normal, très vite une douce chaleur emplit l'habitacle.

Sur l'autoroute luisante de verglas, Mary conduisait avec dextérité. Pour ma part, je n'avais qu'une hâte : retrouver Westmount et les tièdes boiseries de l'appartement. Nous tournions sur Sherbrooke lorsque, de ses doigts gantés, Mary prit ma main et l'embrassa. Sur le trottoir, j'aperçus un homme ficelé dans de vieux châles, qui poussait, dans un Caddie, toute la misère du monde.

J'étais, selon Conrad, l'inventeur de la « météo caritative ». Pourtant, j'avais regardé cet homme s'enfoncer dans un linceul de glace sans lui apporter le plus petit réconfort. « Par ce froid, ce soir, dans cette ville riche, aucun homme, aucune femme ne doit passer la nuit dehors. » Je n'étais qu'un bonimenteur de *network*.

Sans la moindre foi, ne croyant en rien, je me surpris cependant à prier ce soir-là pour que cet homme vécût, pour qu'il résistât à ce froid qui déformait les routes et faisait éclater les trottoirs.

Le lendemain matin, Mary s'habilla d'un long manteau de vison que je ne lui connaissais pas. C'était une pièce d'une coupe magnifique, une fourrure sombre dont les reflets auburn rehaussaient la blondeur de ses cheveux. Ainsi vêtue, avec ses bottes de cuir souple, elle correspondait parfaitement à l'idée que l'on pouvait se faire d'une Anglo-Saxonne nantie. Emmitouflée dans sa confortable pelisse, Mary marchait sur Lansdowne. Songeant au clochard de la veille et à ses hardes, je pensais que le froid, en humiliant la pauvreté, rendait la richesse insupportablement arrogante.

Dès les premiers jours de mars, la température remonta sensiblement pour se stabiliser aux alentours des premières valeurs positives. À Canal Météo, on disait que le plus dur était passé et que chacun avait dans la voix des accents printaniers. Je m'étais finalement accoutumé à la fadeur de cet emploi. J'allais à la station comme on se rend au marché, avec en tête une liste de gestes à accomplir. Des gestes inutiles, certes, mais qui me nourrissaient. Et puis il y avait la Miata. Depuis que Mary me l'avait offerte, les rigueurs du climat ne m'avaient pas permis de rouler capote baissée. J'attendais donc impatiemment les premiers beaux jours pour me lancer sur les routes de Gaspésie.

Je ne connus jamais cette joie.

Le mercredi, vers dix-neuf heures, le téléphone sonna à Westmount.

Sitôt que j'entendis la voix de Tsarian, je sentis confusément, au tréfonds de mon être, que j'entrais dans un nouvel hiver.

Le lendemain, Mary me conduisit à Mirabel et demeura à mes côtés jusqu'à l'instant d'embarquer. « Tu vas me manquer. Je t'aime » furent ses derniers mots.

– Je serai de retour dans une semaine.

Elle prit mon visage entre ses mains et me donna un long baiser. Sa blondeur réchauffait le col de son vison. Elle était pour moi le cœur de toutes choses.

Je la serrai contre moi.

Je montai dans un avion aussi ventru qu'une baleine. Au moment où les roues du Boeing quittèrent la piste, je sus que je partais dans la mauvaise direction.

Passé la barre des nuages, je fermai les yeux. Je ne pouvais me défaire du dernier regard de Mary.

À tout jamais il vivrait en moi.

J'ai besoin de marcher. De sortir de cette chambre. 514 675 54 32. Combien de fois ai-je été tenté de composer ce numéro ? Mais je ne suis plus capable de prétendre aux trésors qui se cachent derrière cette combinaison. Je dois tourner en rond dans les allées de ce parc jusqu'à ce que toutes ces particules d'émotion en suspension se redéposent dans les caves de ma mémoire. On ne devrait jamais remuer la vase au fond du vase.

– Giclée de merde ! Je vais te planter dans la raie ! Casse-toi d'ici ! Tu vas me contaminer, me refiler ta maladie du ventre ! Je veux pas de ton abcès ! Je t'ai observé, tu ne fais jamais ! Tu es comme les autres fous, tu gardes tout ! Je ne veux plus te voir, salaud ! Barre-toi ou je te tue ! J'ai toujours des lames sur moi !

C'est à nouveau la folle. Elle est assise sur le banc et me menace d'un bout de bois mort.

– Tu veux que je vienne ? Que je te fasse bouffer tes couilles ? C'est ça que tu veux ? Que je te fasse avaler ton jus, que je t'arrache les yeux ? Interdiction de m'approcher ! Tu as la peste de la tête. Je le dirai au docteur. Et il t'enfoncera un tison dans le cul. Tu vas mourir. Tu as la gueule d'un type qui va mourir. Moi, c'est fini, je ne saigne plus. Je n'ai plus d'écoulements ! Je suis guérie. Casse-toi ! Tu es un kyste, un kyste du foie !

Elle répète sans cesse ces derniers mots et tape sur ses cuisses avec le plat de ses mains. Ses cheveux gras, collés par paquets, fouettent ses joues. Ses gros yeux de poisson roulent dans leurs orbites. Cette femme effrayante a récuré les particules d'émotion qui adhéraient encore aux parois de mon âme. Ses insultes m'ont ramené à ma condition véritable. Celle d'un homme que l'on perfuse. Et à qui l'on sert du chou.

675 54 32. Lorsque la ligne de Mary était occupée, j'entendais ce message enregistré : « *The cellular suscriber you try to reach is not available at the moment. Please, try again later.* »

Je n'essaierai plus jamais. Ni ce numéro. Ni un autre. Perçant à travers la brume, une rondelle de soleil se pose sur le mont des Oliviers. On dirait un trou sous la semelle d'une vieille savate. Ça suffit. Je dois remonter dans ma chambre. Mettre ma vie en pile.

Après une courte escale à Paris, j'arrivai à Tel-Aviv, le vendredi 13 mars en fin d'après-midi. Il me fallait encore louer une voiture et accomplir les soixante-dix kilomètres qui me séparaient de Jérusalem. La route me parut interminable. Au téléphone, Tsarian m'avait fait savoir que mon frère s'était occupé de me réserver une chambre à l'hôtel King David. Je connaissais la renommée de cet établissement et pensais, sur place, pouvoir le localiser sans difficultés.

En fait, je me perdis. Une succession de choix malheureux m'éloignèrent de ma destination, et j'échouai dans Me'a She'Arim, ce quartier maudit, bastion de l'orthodoxie. Ignorant tout de la réputation de cet endroit, comme un Anglais en vacances, en cette nuit de *shabbat,* je m'efforçai de décrypter les noms des rues. Je m'approchai d'un passant et baissai ma vitre pour l'interroger. L'homme, jeune, portait une barbe sur un long manteau noir. Il était coiffé d'un feutre sombre d'où s'échappaient deux tortillons de cheveux. Ce fantôme me frôla et me laissa, sans un mot, sur le bord du chemin.

Je refis une tentative quelques centaines de mètres plus loin auprès de deux hommes, pareillement accoutrés et accompagnés d'enfants. De nouveau mes questions demeurèrent sans réponse. J'eus vraiment le sentiment que ces barbus n'entendaient pas ma voix, qu'ils ne me voyaient pas.

Un peu plus loin, toujours sur le même trottoir, je m'adressai à une famille. Le père et la mère, suivis d'une progéniture déjà vêtue de l'uniforme des religieux, ne m'adressèrent pas le moindre regard. Pour eux, je n'existais pas. Je n'étais qu'une ombre dans la nuit.

– Putain, qu'est-ce qui se passe ici ?

Ce cri de colère fut avalé par la nuit. Je ne comprenais plus rien.

J'empruntai une rue sur la droite pour faire demi-tour et me trouvai nez à nez avec des barrières de métal dressées au milieu de la chaussée. Derrière cette haie, une dizaine d'orthodoxes semblaient monter la garde. Je stoppai la voiture et tentai à nouveau ma chance. À peine avais-je mis un pied hors du véhicule qu'une pierre s'abattit sur le capot. Puis une autre. Le temps que je comprenne ce qui m'arrivait, le pare-brise volait en éclats.

Tandis que je rebroussais chemin, j'entendais le choc des cailloux qui rebondissaient sur la tôle. Puis il y eut un nouveau bruit de verre brisé. Je jetai un œil dans le rétroviseur : la lunette arrière venait d'exploser, et dans mon sillage, animée par je ne sais quelle haine, je voyais cette horde velue qui me courait après comme des lévriers derrière un leurre.

J'appris par la suite les raisons de ce châtiment. En ce soir de *shabbat*, j'avais commis le péché original de conduire une automobile, ce qui, dans cette partie de la ville, était considéré comme l'une des pires offenses que l'on pût faire à Dieu.

Lorsque, vers vingt-trois heures, je pénétrai dans le vaste hall marbré du King David, j'étais triste, fourbu et affamé.

– Vous pouvez me faire porter une salade ?

Le concierge me tendit ma clé et, dans un français très appliqué, répondit :

– Je suis désolé, monsieur Klein, mais, passé dix-neuf heures, les soirs de *shabbat*, il n'y a plus de *room service.*

La chambre était vaste, avec un petit salon attenant. Sur une table basse, on avait déposé une corbeille de fruits frais et une assiette de pâtisseries. Je me jetais sur ces gourmandises. À peine avais-je avalé la première de ces douceurs que le téléphone sonna.

– Monsieur Klein ? Je suis le directeur de l'hôtel. J'espère que vous êtes bien installé et que votre suite vous convient. Pardonnez-moi de vous déranger aussi tard, mais j'aimerais vous poser une petite question. Voilà. Nous sommes en train de rénover l'équipement téléphonique de l'hôtel, et, bien que l'heure soit tardive, pour compléter ma liste, j'aurais besoin de savoir si votre salle de bains est équipée d'un combiné.

Je restai sans voix, sonné, pétrifié.

– Monsieur Klein, vous m'entendez ? Auriez-vous l'amabilité de vérifier, s'il vous plaît ?

Tel un automate, je fis ce que l'on me demandait.

– Oui, il y a un téléphone.

– Pouvez-vous me dire s'il est de couleur jaune ou blanche ?

– Pardon ?

– Cela me permettrait de déterminer s'il s'agit d'un appareil récent ou ancien.

Je me levai une nouvelle fois pour satisfaire les exigences de mon hôte. Tout cela n'avait aucun sens.

– Il est blanc.

– Parfait, c'est exactement ce que je pensais. Encore pardon de vous avoir dérangé. J'espère que votre séjour parmi nous sera agréable. Je vous souhaite une bonne nuit.

En raccrochant, j'eus le pressentiment que cette ville m'était hostile. Mon logement n'était pas situé dans la partie noble de l'hôtel. Le balcon donnait sur un parking au lieu de m'offrir la perspective des vastes jardins fleuris ourlant la piscine.

L'air était doux. J'allumai une cigarette. Depuis que j'étais arrivé dans ce pays, tout allait de travers, je ne reconnaissais plus ma vie.

Le coup de téléphone tardif du directeur me troublait davantage que la brutale agression des bigots. Ses explications absurdes ne tenaient pas debout. On ne procédait pas à cette sorte d'inventaire à une heure pareille. Comment avais-je pu me prêter à cette comédie ? L'épuisement dû au voyage, sans doute. Je me promis, dès le lendemain matin, avant même d'aller visiter mon frère, de tirer cette affaire au clair.

– Vous avez demandé à me voir, monsieur Klein ?

– Vous êtes le directeur de l'hôtel ?

– Absolument.

– Pouvez-vous justifier votre attitude d'hier soir ? Ce coup de téléphone farfelu.

– Je crains de ne pas comprendre.

– C'est bien vous qui m'avez appelé vers vingt-trois heures ?

– À cette heure-là, monsieur Klein, j'étais à mon domicile et je dormais. En plus, les soirs de *shabbat*, sachez que tout juif qui possède un peu de religion ne décroche jamais le téléphone.

– Mon interlocuteur m'a expliqué que vous procédiez à des travaux sur votre standard et que vous changiez tous les combinés des chambres.

– Laissez-moi vous dire, cher monsieur, que notre installation a été entièrement refaite voilà deux ans, que nous disposons d'une boîte vocale ultramoderne et d'un appareillage tout à fait conséquent. Je crains que vous n'ayez été victime d'un mauvais plaisant.

Et soudain, je sentis confusément le monde rétrécir autour de moi.

25

Dès la fin de mon entretien avec le directeur du King David, en proie à une colère confuse, je pliai bagage et quittai cet hôtel pour m'installer à l'American Colony, un établissement plus modeste situé dans le secteur palestinien de Jérusalem-Est.

La matinée avançait, mais je n'arrivais pas à me résoudre à prendre le chemin de la clinique Weisbuch. J'appréhendais le face-à-face qui m'y attendait. Je redoutais d'affronter un regard perdu en tous points semblable au mien.

Vers onze heures trente, le docteur Tsarian me reçut dans son bureau et me raconta les circonstances qui avaient amené Simon dans ce service.

Deux mois auparavant, on l'avait retrouvé enfermé dans son garage, assis, inconscient, au volant de sa voiture, à demi asphyxié par les gaz d'échappement du véhicule. Après un séjour en réanimation, il avait été transféré dans ce service de psychiatrie. Depuis, il refusait de s'expliquer sur les raisons qui l'avaient poussé au suicide mais ne se cachait pas de vouloir récidiver.

– C'est pour cela que j'ai pris la liberté de vous demander de venir, poursuivit Tsarian.

– Comment est-il ?

– Calme. Avec ce que nous lui administrons, il n'a guère le choix.

– Qu'est-ce que vous lui donnez ?

– Rien que de très classique dans ce genre de situation. Nous l'avons d'abord soumis à une cure de sommeil sous Aldol et Népronizine, afin de l'apaiser. Ensuite, nous lui avons prescrit une thérapie conventionnelle : le matin, de l'Anafranyl, un antidépresseur en perfusion ; à mi-journée, du Lysanxia ou du Lexomil en guise de tranquillisant ; et enfin du Noctran ou du Stilnox pour lui assurer, la nuit, un sommeil paisible. Ces drogues stabilisent son état, mais ne traitent en rien le fond du problème. Je m'en rends bien compte lors des entretiens que j'ai avec votre frère, deux ou trois fois par semaine. Nous ne progressons pas du tout. Nous en sommes aujourd'hui sensiblement au même point que lors de son admission. Votre venue, je l'espère, peut débloquer les choses. Allez le voir. Il vous attend. Chambre 41B.

La porte était entrouverte. Assis dans un fauteuil, les bras reposant mollement sur les accoudoirs, Simon portait un polo de coton à larges rayures et un short de toile bleue. C'était une étrange tenue.

Nous nous ressemblions toujours autant.

Lorsqu'il m'aperçut, il ne manifesta ni joie, ni surprise. D'un imperceptible signe de la main, il m'enjoignit simplement d'entrer.

– Comment vas-tu ?

Il ne répondit pas, se mit lentement debout, marcha vers moi et me prit longuement dans ses bras. Tandis qu'en silence il me serrait ainsi contre lui, je sentis un liquide tiède mouiller mon pantalon et couler jusque sur mes chevilles. Lorsque Simon s'éloigna de moi pour regagner son siège, je vis qu'une flaque auréolait le sol. Mon jumeau venait d'uriner contre ma jambe.

Je ne savais que dire. Je n'osais pas bouger. Confortablement assis malgré son short détrempé, le menton en appui sur une main, Simon semblait contempler son œuvre.

Avant de regagner l'hôtel pour me changer, je fis un détour par le bureau de Tsarian et lui racontai la scène. Il sembla embarrassé mais, désireux de me rassurer, s'efforça de minimiser l'événement.

Je pris une longue douche et jetai mon vêtement souillé à la poubelle. J'avais envie d'entendre la voix de Mary, mais je renonçai à l'appeler de peur d'avoir la faiblesse de lui raconter ce qui venait d'arriver. J'éprouvai soudain une immense pitié et beaucoup de tendresse pour mon jumeau que j'imaginais errant et divaguant à la lisière d'un monde sauvage. Quelles que fussent nos divergences, il était une part de moi-même, que j'avais ignorée et reniée pendant trop d'années. Je me devais de rattraper ce temps perdu. Il était mon frère. J'allais me battre pour le tirer des griffes de cette maladie.

Le lendemain, je retournai à Weisbuch, armé d'une inexorable foi, convaincu de posséder assez d'énergie pour redonner à Simon l'envie de se battre et le goût du bonheur.

Il était assis sur son lit en train de lire le *Jerusalem Post*.

– Je t'ai appelé tout à l'heure au King David. On m'a dit que tu avais quitté l'hôtel.

– Oui, je suis parti hier matin.

– Tu n'étais pas bien installé ? Tu as eu un problème ?

– Non, mais je n'aimais pas cet endroit, trop luxueux et trop religieux à mon goût.

– Comment ça, religieux ?

– Ils ont refusé de me servir à dîner dans ma chambre parce que c'était *shabbat*.

– Et alors ? Tu es en Israël, ici. Dans un État théocratique.

Le ton de Simon se faisait soudain vigoureux. Je le retrouvais tel que par le passé, prêt à saisir la moindre occasion pour ferrailler avec moi.

– Tu es descendu où ?

– À l'American Colony.

– À Jerusalem-Est ? Dis-moi que ce n'est pas vrai ? Comment as-tu pu me faire une chose pareille ? Comment ? Mon frère, mon propre frère chez les Arabes ! Tu as fait ça pour m'humilier. Je t'avais réservé une chambre dans le meilleur hôtel de la ville, et toi, tu vas t'installer dans le quartier général des Palestiniens, dans ce gourbi grouillant de terroristes ! Tu es un bâtard, un bâtard de *goy !* Sors d'ici !

– Je n'ai pas fait tout ce voyage pour reprendre nos éternelles disputes. Je suis là pour te sortir de cet hôpital, pour t'aider.

– Si tu veux m'aider, alors, sois juif. Ou du moins efforce-toi de te comporter comme tel. En attendant, dégage !

Les yeux de Simon brillaient de cette flamme agressive qui avait brûlé ma jeunesse. Et contre cette incandescence, je savais que même le Lysanxia ne pouvait rien.

Une semaine durant, j'affrontai ainsi les assauts désordonnés de mon frère, à l'affût du moindre prétexte pour s'accrocher avec moi.

Lorsqu'il ne m'agressait pas, Simon sombrait dans l'abattement le plus total, s'allongeant à plat dos sur son lit et fixant le plafond. Pendant des heures, je restais assis dans le fauteuil, silencieux, à son côté. Un après-midi, alors qu'il semblait perdu dans ses brumes, il se redressa sur ses coudes :

– Tu te souviens de ce que je t'ai dit la veille de mon départ, quand tu m'as frappé, sur la terrasse ? Qu'un jour on se reverrait. Que tu ferais le voyage jusqu'à Jérusalem. Mais qu'il serait trop tard. Tu te souviens ?

– Trop tard pour quoi ?

– Pour toi. Pour moi. Pour tout.

Le soir même, j'appelai Mary et lui annonçai que je prolongeais mon séjour auprès de mon frère. J'envoyai également un fax à Conrad J. Conrad pour l'informer que des problèmes familiaux me retenaient à Jérusalem et lui demandai de m'accorder un congé sans solde. Je n'en étais pas encore conscient, mais le piège lentement se refermait sur moi.

Quelques jours plus tard, au milieu de la nuit, le téléphone sonna près de mon lit. La communication était mauvaise et la voix, fatiguée, lointaine.

– C'est moi, Simon. Je voulais te dire que tu m'avais bien aidé, que tu pouvais rentrer chez toi.

– Qu'est-ce que tu racontes ? Où es-tu ?

– Dans un endroit tranquille. Cette fois, je vais réussir. J'ai ce qu'il faut sur moi. Retourne au Canada. Tu es venu ici trop tard.

Et ce fut le silence.

Je tenais mon combiné collé à l'oreille et serrais le fil entre mes doigts. J'avais l'impression que quelqu'un venait de lâcher ma main, que j'étais suspendu dans le vide.

J'appelai aussitôt Tsarian. Il me confirma que mon frère n'était pas dans sa chambre et qu'on ne l'avait pas vu à la clinique depuis l'heure de la promenade. Je m'habillai et sortis précipitamment de l'American Colony. Une fois dans la rue, je m'arrêtai net sur le trottoir : je ne savais que faire ni où aller.

Je passai la journée du lendemain assis devant le téléphone. J'espérais un appel de Simon, ou des nouvelles de la clinique. J'essayais de me persuader que tout cela n'était sûrement qu'une nouvelle mise en scène de mon jumeau destinée à me torturer, à me faire payer, entre autres, ma désertion du King David. Toutes sortes d'idées me traversaient l'esprit. Mais à mesure que passaient les heures, je ne pouvais m'empêcher d'envisager le pire. Si mon frère avait réellement décidé de mettre fin à ses jours, s'il était vraiment mort quelque part dans ce pays, j'allais devoir lui survivre avec le souvenir de cette dernière conversation, le frisson de ses dernières paroles : « Tu es venu ici trop tard. » Je ne comprenais pas vraiment ce qu'il avait voulu dire par là, mais il l'avait dit. Et le poids de ces mots écrasait mon cœur. Vers quatorze heures, n'y tenant plus, j'appelai Mary à Montréal.

Là-bas, le jour se levait. Je parlai très longtemps, m'accrochant à cette voix que j'aimais, qui me manquait. Je lui dis tout, mes craintes, ma peur, ma culpabilité. En raccrochant, j'avais retrouvé un peu de paix.

En fin d'après-midi, je joignis Tsarian. Il se voulut rassurant et m'engagea à prendre un peu de repos. Il avait contacté les autorités et largement diffusé le signalement de Simon. Bientôt, nous aurions de ses nouvelles.

Je passai la nuit à errer dans la chambre, à boire du café dans le hall de l'hôtel. Je repensais à notre jeunesse commune, à tout ce que nous avions partagé, l'école comme les strudels. Je m'en voulais de n'avoir pas su comprendre, quand il le fallait, les aspirations de mon jumeau. J'avais raillé son désir de partir dans un kibboutz au lieu de partager l'enthousiasme qui l'animait, je m'étais contenté de m'opposer à lui.

Je vis se lever l'aube et pensai très fort à Éthan Klein. Je l'imaginais assis sur le rebord de ce lit, me répétant avec sa douceur coutumière : « C'est toi qui portes notre nom. Tu dois chercher Simon. Le ramener parmi nous. »

À neuf heures, Tsarian m'annonça que l'on avait retrouvé mon frère à Rosh Zuqim, au bord de la mer Morte. Il était vivant. Comateux, mais vivant.

Sur cette route numéro sept, désertique et brûlante, ma Daewoo de location donnait tout ce qu'elle pouvait. Je croisais des colonnes d'autobus ainsi que des convois militaires avec des véhicules porteurs de tanks revenant de la frontière jordanienne.

La mer Morte, *Yam Ha-Melah* en hébreu, semblait recouverte d'une fine pellicule de plomb. Laissant Jéricho à ma gauche, je pris sur la route quatre-vingt-dix, mince filet de bitume qui borde ce grand lac immobile, en direction de Rosh Zuqim. J'ai tout oublié de cette localité sinon qu'elle se situe à quatre cent cinq mètres au-dessous du niveau de la Méditerranée. L'air que l'on y respire, aussi dense que du sirop d'érable, semblait se coaguler dès qu'il entrait dans la bouche. Simon était allongé sur un petit lit de métal du dispensaire. Fatigué, il était conscient, mais toujours cette même braise brillait au fond de son regard.

– Encore raté. De peu, mais voilà.

Il parlait à voix basse comme quelqu'un que l'on vient d'intuber. Secouées par le lavage d'estomac, c'est à peine si ses cordes vocales vibraient.

Je serrai son visage contre ma poitrine en murmurant :

– Tu ne refais plus jamais ça. Plus jamais.

– Je ne t'ai rien fait, Paul. Tu n'as aucune place dans cette histoire. Et je recommencerai. Jusqu'à ce que j'y arrive.

L'émotion de retrouver mon frère, de l'entendre me parler, fût-ce pour me dire des horreurs, faisait danser mon cœur. J'essayai de retenir mes larmes, mais je les sentis glisser, s'échapper de moi comme un filet de bonheur.

– Cette fois, je suis passé très près, tu sais. On s'en fait tout un monde, alors que ce n'est rien, c'est très facile. Il suffit de se laisser glisser. J'ai pris des drogues à la clinique avant de quitter Jérusalem en autobus. Je tenais le flacon dans ma main. Je me souviens que l'armée a fouillé le car à chaque *check point*. Pendant ce trajet, je me sentais déjà loin, détaché de tout. Ma vie ne m'encombrait plus. Je ne sais pas pourquoi je suis descendu dans cet endroit. Je me souviens simplement d'avoir marché jusqu'à la mer. J'ai avalé mes cachets et je me suis assis au soleil. Tout est alors devenu très doux, la lumière comme le sol. J'ai pensé à une infinité de choses agréables, j'ai revu les visages de papa et maman, et, calmement, sans la moindre frayeur, je me suis couché sur le côté. On a dû me retrouver dans cette position. Un jour, c'est comme ça que tu me découvriras. Et j'aurai réussi.

Je dormis à Rosh Zuqim, au dispensaire, sur un lit de camp près de Simon. Le lendemain, il avait récupéré une bonne partie de ses forces, et, avec l'accord de Tsarian, je décidai de le ramener à la clinique. Durant le trajet, il se montra attentif à la circulation. Lorsque nous étions bloqués derrière un autobus, il passait la tête à la portière pour essayer de voir, à la faveur d'un virage, si nous pourrions bientôt doubler le gêneur qui nous ralentissait. Au premier poste de contrôle de l'armée, Simon mit la main à sa poche et en sortit une carte officielle qu'il tendit au militaire. Celui-ci nous adressa aussitôt un sourire amical et fit lever la barrière de métal.

26

– Comment allez-vous, monsieur Klein ? Toujours à votre table en train d'écrire ?

La voix de Tsarian ne me surprend pas. Elle arrive à point nommé dans le cours de mon histoire. C'est avec ces mêmes mots qu'il avait accueilli Simon à son retour à Weisbuch. Il s'était avancé vers lui, et avait dit : « Comment allez-vous, monsieur Klein ? » Mon frère avait alors tourné les paumes de ses mains vers le ciel et répondu d'un ton fataliste : « Que voulez-vous, je vis. »

Et, d'un pas de promeneur, il avait regagné sa tanière.

– Désirez-vous que nous nous voyions cet après-midi ?

– Si vous n'y voyez pas d'inconvénient, j'aimerais autant avancer dans mon travail. J'ai hâte de terminer.

– Comme vous voudrez. D'autant qu'il me semble que ces longues séances privées auxquelles vous vous astreignez vous sont plus profitables que nos entretiens. Bon courage.

L'opinion que j'avais d'Arie Tsarian a changé. Plus compréhensif, plus humain qu'auparavant, il me traite avec égard. J'apprécie son discret soutien pendant cette longue marche.

Je me rappelle qu'il avait déjà fait preuve de pareilles qualités en écartant sèchement la suggestion de ses collaborateurs qui, après la deuxième tentative d'autolyse de mon frère, souhaitaient le soumettre à une série d'électrochocs. « J'assume le risque d'une nouvelle récidive », m'avait-il dit pour justifier son choix.

Physiquement, Simon se rétablit très vite. Ses humeurs, en revanche, demeurèrent aussi sombres que par le passé. J'étais à Jérusalem depuis trois semaines. Je n'osais plus en bouger. J'avais peur que mon retour au Canada ne vînt rompre un équilibre fragile. Simon aurait pu interpréter ce départ comme un acte d'abandon. Bien que passant toutes mes journées à Weisbuch, j'avais le sentiment de n'être d'aucune utilité à mon frère. Mais j'étais là, présent. Il pouvait bien m'ignorer, je refusais de laisser s'éteindre la petite flamme de vie qui était encore en lui. Comment, à Westmount, à des milliers de kilomètres d'ici, aurais-je pu supporter de l'entendre à nouveau me dire au téléphone : « Cette fois je vais réussir » ?

Mary commençait à s'impatienter. Je différais mon retour de semaine en semaine, en fournissant à chaque fois des explications de moins en moins convaincantes. L'état de Simon n'empirait pas, et rien, en vérité, ne justifiait ma présence constante à ses côtés. Rien, sinon cette peur panique d'être une nouvelle fois confronté à sa voix lointaine.

Depuis quelque temps, aux alentours de midi, j'avais pris l'habitude de marcher dans la vieille ville. J'entrais par la porte de Damas, puis rôdais sans but dans les ruelles sombres et encombrées. Pour ne pas ajouter à mon désarroi, je préférais cependant éviter d'approcher du mur des Lamentations. En revanche, je ne me lassais pas d'observer les pèlerins asiatiques ou européens qui remontaient la Via Dolorosa en portant des croix de contreplaqué sur l'épaule. Coiffés de bobs bigarrés par leur prévoyant voyagiste, ils parcouraient, en grappes serrées, un illusoire et forfaitaire calvaire. De temps à autre, l'une de ces brebis prenait un peu d'avance sur le reste du troupeau et immortalisait cette sainte transhumance sur son Caméscope avant de regagner sa place parmi les siens.

Ce spectacle me réconfortait. Il me montrait que je n'étais pas le seul à perdre la tête dans cette ville. Un jour que je m'adonnais à ces rituelles contemplations, je crus apercevoir Anna couper l'une de ces ridicules processions pour remonter vers la porte d'Hérode. Je bondis à travers la foule et me lançai à la poursuite de cette silhouette fantomatique. À bout de souffle, après avoir sillonné toutes les ruelles avoisinantes, je dus me rendre à l'évidence : mon esprit, soumis ces temps-ci à rude épreuve, m'avait abusé. En regagnant la clinique, je songeais que, pour un athée, cette cité biblique était un véritable enfer. Lorsque je fis part à mon frère de mon hallucination, il tressaillit.

– Anna, à Jérusalem ? Tu débloques.

Fatigué, je pris ma place dans le fauteuil et inclinai la tête en arrière. Mary. Seule, Mary pouvait me sortir d'ici. Cet après-midi-là, le mutisme de mon jumeau fut pesant, oppressant. Pour rompre ce silence, je posai à Simon la première question qui me passa par la tête :

– Tu faisais quoi avant d'entrer ici ? Je veux dire comme travail.

– Pourquoi me poses-tu cette question ?

– Je ne sais pas, comme ça.

– Je travaillais pour le gouvernement.

– Tu étais fonctionnaire ?

– En quelque sorte. J'aimerais que tu me laisses seul, maintenant. Rentre à ton hôtel.

Souffrant d'une violente migraine, je me couchai de bonne heure. À minuit, couvert de transpiration, grelottant de fièvre, je titubai vers la salle de bains et, m'agenouillant devant les toilettes, vomis le contenu de mon estomac. Ce malaise dura trois jours et trois nuits, que je passai à quatre pattes au cabinet de toilette. Entre les spasmes, je sombrais dans un sommeil peuplé de cauchemars.

Tout au long de cette épreuve, je ne désirais rien tant que d'appeler Mary, d'entendre sa voix. Mais je ne trouvai pas le courage de décrocher le téléphone.

Ce furent là les premiers signes de mon renoncement.

Lorsque, à peine remis, je retournai à la clinique, je trouvais Simon hors de lui. Il gesticulait, vociférait, me reprochait mon absence, hurlait qu'on n'abandonne pas ainsi les gens du jour au lendemain, sans donner de nouvelles.

– Et si j'avais recommencé pendant ton absence, tu y as pensé ?

Pointant vers moi un index menaçant, il avait ajouté d'un ton cynique :

– Tu ne refais plus jamais ça !

Je m'assis à ma place et tout se mit à tourner autour de moi. J'avais l'impression d'être pris dans les tourbillons d'un évier qui se vide.

Deux mois. Simon m'avait dépouillé de toutes forces. Il me tenait à sa merci. Je n'appelais plus le Canada. Le visage de Mary se perdait dans une brume oppressante. Le matin, tel un automate, je me levais et marchais vers la clinique. À la nuit tombée, je faisais le chemin inverse jusqu'à l'American Colony. Entre-temps, j'avais l'impression qu'au travers d'une invisible canule, on transfusait le reliquat de mon énergie dans les veines de cet homme couché qui me haïssait tout autant qu'il me ressemblait.

Je n'allais plus que très rarement dans la vieille ville. Un matin cependant, sur la route de Weisbuch, je fis un crochet par la porte de Damas et m'enfonçai dans ces ruelles d'un autre âge. Tandis que je progressai sur Al-Wad, je fus à nouveau pris de frissons et de nausées. Tenant à peine sur mes jambes, je dus m'arrêter et prendre appui contre un mur. Alentour, la vie grouillait, bruyante, indifférente. C'est au milieu de ce chemin de croix que, pour la deuxième fois, je vis apparaître le visage d'Anna. Elle était vêtue d'une robe d'été en tissu imprimé et portait un panier rempli de légumes. Sachant que je n'aurais pas la force de la rattraper, tel un mendiant, tendant la main dans sa direction, je criai son nom. Et elle se retourna. Je peux le jurer. Un bref instant, j'eus ses yeux dans les miens. Cela suffit à me convaincre que je ne rêvais pas. Anna Baltimore. Mariée en 1971. Amputée en 1976. Fiancée d'avocat. Fille de juge. Et mon bourreau.

J'essayai de faire quelques pas dans sa direction, mais je ne pus y parvenir.

Au prix de je ne sais quels efforts, je me traînai jusqu'à la clinique. L'escalier qui menait à l'étage de mon frère fut aussi difficile à gravir qu'une montagne. Lorsque j'entrai dans la chambre de Simon, il était au téléphone. En m'apercevant, il raccrocha brusquement. M'affalant dans le fauteuil, les lèvres tremblantes, je dis :

– Anna vit à Jérusalem. Je viens de la voir sur Al-Wad.

Rasé de frais, la mine rose et reposée, Simon s'approcha de moi et passa sa main sur mon front.

– Tu es brûlant. La fièvre te donne des hallucinations. Allonge-toi un moment sur mon lit.

C'est ainsi que je me retrouvai sur sa couche. Et lui dans le fauteuil. Lentement, les choses se mettaient en place.

Je regardais le plafond et Simon ne me quittait pas des yeux. Il n'y avait aucune inquiétude, aucune tendresse dans son regard. Il se taisait. Et me considérait comme un employé des pompes funèbres, qui évalue les mesures d'un mort.

– Hé, je sais qui tu es et d'où tu viens. Tu t'appelles Klein et tu ne vaux rien.

La revoilà. Cette femme va finir par me faire perdre la raison. Elle a l'art de me surprendre. Je ne l'entends jamais entrer. À croire qu'elle se faufile au travers du bois de la porte. Elle tient un petit livre à la main.

– Écoute. Écoute-ça, bâtard : « Que les fidèles triomphent dans la gloire, qu'ils poussent des cris de joie sur leur couche ! Que les louanges de Dieu soient dans leur bouche, Et le glaive à deux tranchants dans leur main. Pour lier leurs rois avec des chaînes, Et leurs grands avec des ceps de fer, Pour exécuter contre eux le jugement qui est écrit ! » Tu entends ça, pauvre merde ? Psaume 149. Prépare-toi à l'Apocalypse. Je suis ta fin, ta mort. Je t'attends. J'ai le glaive. À ton heure, je te percerai jusqu'à ce que je sente l'os. J'exécuterai le jugement. Tu crèveras seul, loin de chez toi.

– Sortez d'ici. Je ne veux plus jamais vous revoir dans cette pièce.

– Ne m'approche pas, fourchu. Tu portes le mal. Je vais te coudre le cul avec du fil de fer. Pour que tu ne puisses jamais guérir. Tu n'expulseras plus, et la vermine te mangera de l'intérieur.

– Dehors !

À la façon d'un chien qui s'apprête à mordre, elle retrousse sa lèvre supérieure et dévoile des dents étonnamment blanches qu'elle lèche du bout de sa langue grasse et rouge comme une betterave. Elle passe plusieurs fois ses doigts sur son visage, frictionne ses avant-bras et sort de la chambre aussi discrètement qu'elle y était entrée.

Ces scènes me bouleversent. Elles me font entrevoir les démons qui se cachent en chacun de nous. Je me sais porteur de semblables miasmes. Jusque-là, j'ai réussi à les contenir.

Le lendemain du malaise qui me foudroya sur Al-Wad, je me rendis chez un médecin qui m'examina et me prescrivit une série d'analyses dont les résultats ne révélèrent rien d'inquiétant. Le praticien conclut à une banale atteinte virale.

– On appelle cela la maladie du voyageur, dit-il. L'éloignement, la chaleur, le changement des habitudes alimentaires, tout cela concourt à favoriser des problèmes digestifs.

Un désinfectant, un antispasmodique et une sorte d'aspirine destinée à atténuer les poussées de fièvre devaient venir à bout de mes crises.

Dès la sortie de son cabinet, je me rendis dans la vieille ville et, d'un pas mal assuré, arpentai toutes les ruelles. À chaque carrefour je m'attendais à voir surgir Anna. Je sentais sa présence. Elle rôdait quelque part dans cette ville.

27

En dépit du traitement, les crises ne cédaient pas. Je m'affaiblissais de jour en jour et luttais chaque nuit contre de violents accès fébriles. Dans le même temps, l'état de mon frère s'améliora de façon spectaculaire au point que Tsarian réduisit au minimum ses prises médicamenteuses.

Je passais toujours les après-midi à la clinique et m'allongeais de plus en plus fréquemment sur le lit de mon frère pour récupérer de mes insomnies. Il demeurait près de moi et lisait en silence. Terrassé par la fatigue, je sombrais de longues heures dans les limbes d'un monde inversé. Je n'appelais plus Mary et ne répondais pas aux messages qu'elle laissait à l'hôtel. Je vivais dans une grotte sombre, glaciale, et dès que j'ouvrais les yeux, je voyais mon visage d'autrefois sur le corps d'un homme sain parcourant son journal. L'idée de rentrer au Canada ne m'effleurait même plus. J'éprouvais le sentiment d'être rivé à mon destin. Chaque matin, je rassemblais ce qui me restait de forces et j'errais sur Al-Wad à la recherche d'Anna. Je voulais seulement lui parler, lui demander ce qui se tramait dans cette ville.

Désormais, lorsqu'il m'accueillait dans sa chambre, Simon utilisait toujours la même formule :

– Tu as l'air mieux aujourd'hui. Moins épuisé. Étends-toi un instant. Tout cela sera bientôt fini.

Je savais qu'il mentait, que j'avais une mine à faire peur, que chaque jour qui passait m'affaiblissait davantage. Lorsque j'émergeais de ces mauvaises siestes, c'était pour sombrer dans d'irrépressibles crises de larmes. Simon affectait de ne pas remarquer ces brusques manifestations de dépression et poursuivait sa lecture.

Un après-midi de juin, je me souviens d'avoir dit à mon frère, le visage en pleurs :

– Aide-moi. Je ne veux pas mourir ici.

Tel un chat qui vient renifler un cadavre d'oiseau, il s'approcha de moi et me glissa ces mots dans l'oreille :

– Ne te fais pas de souci, tout ira bien. L'essentiel est que nous soyons tous réunis ici, à Jérusalem. Tu es en sécurité en Israël.

– *Tous* réunis ?

Ainsi que l'on ferme les yeux d'un mort, Simon passa ses doigts sur mes paupières et répéta :

– Tous. Nous sommes tous là. Près de toi.

Au moment où sa main me plongea dans le noir, j'eus la sensation que je voyais enfin les choses derrière les choses. La trame du complot. Anna et Simon avaient fait alliance. Ils m'avaient attiré ici pour me perdre.

L'idée que je pusse être heureux, malgré eux, leur avait été insupportable. Ils ne me pardonnaient pas d'avoir fui vers le bonheur. Les tentatives de suicide de mon frère, son internement même, n'étaient qu'habiles mises en scène. Anna et Simon connaissaient mes failles. En m'arrachant à Mary, ils savaient me couper de ma force de vie.

Ensuite, il leur suffisait de me maintenir ici assez longtemps pour me phagocyter à leur guise.

Dans cette machiavélique entreprise, ma maladie avait été pour eux une alliée inespérée.

Je me souvins de l'air embarrassé de Simon quand, la première fois, je lui dis avoir aperçu Anna dans la vieille ville. Et cette communication téléphonique brusquement interrompue à mon arrivée, le jour où j'avais crié le nom d'Anna sur Al-Wad. C'était avec elle qu'il s'entretenait. Elle l'avait appelé pour le prévenir de l'incident, lui dire qu'elle s'était retournée.

– Simon, je sais qu'Anna est ici. Elle et toi m'avez attiré dans cette ville pour me perdre.

– La fièvre te fait délirer. Repose-toi. Tu en as besoin.

J'ouvris les yeux et vis mon jumeau se pencher sur moi pour m'embrasser sur le front. Le baiser de Judas.

À la même époque, Simon obtint ses premières autorisations de sortie. Il quittait la clinique tous les après-midi pour ne revenir qu'à l'heure du dîner. Avec une certaine malice, il m'avait proposé de l'accompagner au long de ses promenades, sachant parfaitement que je n'étais pas en état de me déplacer de si longues heures. Je demeurais donc dans sa chambre, affalé sur son lit, attendant son retour pour regagner péniblement mon hôtel. Je me sentais en sécurité à la clinique Weisbuch. C'était le seul endroit où je retrouvais un peu de paix, où je pouvais prendre un peu de repos et me laisser aller à pleurer en toute sérénité. Ce lieu avait été conçu pour cela.

Durant ces semaines, il me sembla vivre en dehors de moi-même. Je ne m'étonnais plus de grelotter et de vomir tous les soirs. Accoutumé aux spasmes, à cette maladie du voyageur immobile, je n'avais ni l'envie, ni la force de combattre le destin. Lorsque Simon revenait de ses escapades, il m'arrivait de lui demander :

– Tu as passé la journée avec Anna ?

Souriant, détendu, il répondait d'un ton amical :

– Je ne fréquente pas les *shikses.*

Il pouvait bien se défiler, je savais qu'il la voyait. Qu'il la touchait. Qu'il se délectait de son moignon.

– Anna vit chez toi ?

– Il est temps que tu rentres à l'hôtel. Il est tard, je dois dîner et c'est l'heure où tu commences à dire n'importe quoi.

– Tu la baises ?

Le silence qui suivait était pour moi un aveu. Anna Baltimore. Qu'en avait-il fait ? Que ressentait-elle lorsqu'il la pénétrait de cette verge jumelle, lorsqu'elle voyait sourire ce visage en tout point semblable au mien ? Et lui, comment s'y prenait-il ? Avions-nous également, sur ce terrain, des gestes, des manières communes ?

Ce frère fornicateur, que je considérais comme mon contraire, prenait-il ma femme à l'envers ? Lui donnait-il un plaisir antithétique ?

Chaque soir, le chemin qui me menait à l'American Colony semblait rallonger. J'arrivais exténué, couvert de sueur, tremblant des pieds à la tête. Je ne savais plus depuis combien de temps j'étais malade.

Une nuit, au plus fort de la fièvre, je saisis le téléphone et composai le numéro de Mary. Lorsque j'entendis le son de sa voix, quelque chose en moi se figea et je sentis un grand vide au fond de ma poitrine. Je voulais parler, tout dire, régurgiter ma peine et mes regrets, mais rien ne sortait, pas un son, pas un mot.

Je raccrochai.

Le lendemain matin, comme tous les samedis, le concierge de l'hôtel glissa ma note sous la porte. Je vis qu'elle était datée du 22 juin. Trois mois, déjà.

28

Hier, sans doute pour m'être agréable, Tsarian m'a proposé des permissions de sortie pour les après-midi. À quoi bon ? Je n'ai nul endroit où aller. Personne à qui parler. Je préfère demeurer ici. Cette chambre est la mienne. L'entier de mes biens tient dans la petite armoire de l'entrée.

À mesure que j'approche du dénouement, mon esprit se trouble et ma main devient plus hésitante. Cette confusion est compréhensible. Je suis dans la position d'une victime qui aurait à reconstituer elle-même les circonstances de son propre meurtre.

Durant les absences de mon frère, si mes forces me le permettaient, je quittais sa chambre pour me mêler aux malades qui se promenaient dans le parc. Dans cette ronde de perdus, je me sentais à ma place. Parfois, un visage empreint de commisération et de douceur s'approchait de moi et disait : « Vous allez mieux. Vous avez meilleure mine que le jour où vous êtes arrivé. » J'éprouvais alors le sentiment d'appartenir à une famille, de vivre parmi les miens.

Je me souviens parfaitement des circonstances et du jour où j'ai été interné dans cet asile. La veille au soir, épuisé, j'avais décidé de regagner mon hôtel en autocar. La route me parut interminable, je ne reconnaissais aucun des endroits qui m'étaient familiers. Lorsque le véhicule s'immobilisa à la gare centrale des bus, je compris que j'étais à l'autre bout de la ville, au fin fond de Yafo Street. La gare routière grouillait de monde et empestait le gazole. Au milieu de cette foule, une sorte de panique s'empara de moi. J'étais perdu au milieu d'une fourmilière.

Je me précipitai sur un employé des transports en commun et lui répétai : « American Colony Hotel ». L'homme qui ne parlait qu'hébreu essaya de me réconforter et me conduisit jusqu'au départ de la ligne qui desservait ma destination.

Je titubai jusqu'à un siège sur lequel je m'affalai. Dès que le bus démarra, les trépidations de la route me donnèrent la nausée et je ne pus retenir ma bile. Tête basse, je brûlais de honte. Un barbu en tenue de prière plaça son visage à quelques centimètres du mien et se mit à me hurler des choses que je ne comprenais pas.

– Qu'est-ce qu'il dit ? demandai-je péniblement en anglais à une jeune femme debout près de moi.

Sans me regarder, du bout des lèvres, elle murmura :

– Il dit que vous ne valez rien, que c'est une honte de voir un juif saoul, un soir de *shabbat.*

Lorsque je reconnus les environs de l'hôtel, je me frayai un chemin hésitant à travers la cohorte des passagers. Au moment où les portes hydrauliques s'ouvrirent, j'eus l'impression que mille mains me projetaient à l'extérieur, que le bus entier me vomissait.

Le lendemain matin, je fus réveillé par de violentes douleurs dans l'estomac. Mais je ne m'inquiétai pas. Mon corps n'était plus qu'une mécanique endommagée dont je refusais de prendre soin.

En entrant dans sa chambre, je trouvai Simon habillé de vêtements impeccables, rasé de frais et prêt à sortir.

– Tu vas retrouver Anna ?

– Tu ne cesseras donc jamais de me poser cette question stupide ? Qu'est-ce que tu as ? Tu es vert.

– Je souffre du ventre. Je me sens épuisé.

– Viens t'allonger. Ça va passer. Dors un moment. Je serai de retour dans une heure ou deux.

– Simon.

– Oui.

– Tu vas revenir ?

J'ignore pourquoi j'interrogeais mon frère de la sorte. Je n'avais aucune raison objective de lui poser une telle question. Sans doute mon vieux flair de météorologue avait-il pressenti quelque chose, une imperceptible modification dans l'atmosphère de cette chambre.

– Bien sûr que je vais revenir. Mais au fond, cela a-t-il une réelle importance ? Nous sommes à ce point semblables que nos vies sont interchangeables. L'important est qu'il y ait toujours un Klein dans cette clinique.

Ma tête tournait. Je sentais la pression sanguine affluer à mes tempes. Je grelottais.

– Qu'est-ce que tu veux dire ?

– Que tu es mon frère unique et que je suis ton double.

Je ne comprenais rien à ce galimatias. Des mois de lassitude et de tension pesaient sur mes paupières. Je me laissai glisser dans un sommeil profond. Un gouffre sans fin.

Dès que je rouvris les yeux, je fus envahi par un mauvais pressentiment. J'allai voir la penderie de Simon. Elle était vide. Toutes ses affaires avaient disparu ainsi que son gros sac de voyage. Dans la salle de bains, il n'y avait plus le moindre effet personnel.

J'empruntai le couloir jusqu'au bureau d'Arie Tsarian.

– Où est mon frère ?

– Il a quitté la clinique tout à l'heure. J'ai signé son autorisation de sortie hier. Il ne vous l'a pas dit ?

Épuisé d'avoir trop longtemps divagué, me laissant glisser à ses pieds, je murmurai à Tsarian :

– Internez-moi, je vous en supplie.

29

Je garde un souvenir délicieux de la cure de sommeil à laquelle on me soumit pendant une semaine. Mes douleurs se volatilisèrent et je cessai de vomir. Détendu, réchauffé par les rayons d'un soleil d'Aldol, je vivais en état d'apesanteur dans l'œil d'un cyclone. Au centre du boyau.

À mon réveil, j'eus la sensation d'habiter le corps d'un homme vide. De ma vie passée il ne restait plus rien. Ma mémoire ressemblait à ces paysages arasés par un typhon. Des bouts de souvenirs çà et là, des fragments d'émotions disséminés, des visages, des images éparpillées.

Dans l'état d'esprit d'un homme qui avait tout perdu mais qui venait d'échapper au pire, j'errai quelques jours dans ces décombres.

Puis, lentement, je sentis mes forces revenir.

Débarrassé de mon tourment et de mes souffrances physiques, je me contentai de ce modeste regain. Jusqu'au jour où je compris que la tempête que j'avais endurée avait provoqué en moi des dégâts irrémédiables. J'étais frappé d'une sorte de stérilité affective. Jamais je ne ressentirais les choses comme auparavant. Elles ne revêtiraient plus la même intensité. J'étais condamné à n'éprouver que des sentiments minuscules.

L'espace de quelques heures, je redevins cependant le Paul Klein d'autrefois, celui qui promenait ses enfants à moto. Celui qui, sur les hauteurs de Hollywood, récitait le théorème de Coriolis. Cette brève transfiguration se produisit le jour où je vis Mary entrer dans cette chambre 41B, ce sanctuaire que j'avais hérité de mon frère.

Il est un peu plus de minuit. Je fume dans le parc. Le ciel clair fourmille d'étoiles. J'en aurai donc bientôt terminé. Il me semble que j'ai franchi une étape, que je me suis délivré d'un énorme poids.

Depuis l'après-midi où il m'abandonna grelottant sur son lit, je ne revis plus jamais Simon. Cela ne m'affecta pas vraiment. Je m'y attendais.

Je pense avoir dessiné les contours du complot malsain dont j'ai été victime. La disparition de mon frère, le fait qu'Anna n'ait pas éprouvé le besoin de prendre de mes nouvelles ne font que conforter mes hypothèses. Je les sens présents, l'un et l'autre, dans cette ville. Ils n'ont plus besoin de me surveiller ni même de s'enquérir de l'évolution de mon état. Ils laissent au temps le soin de régler les détails.

Seule, Mary aurait pu infléchir mon destin. Mais elle est venue trop tôt à Jérusalem. Ou peut-être, comme moi, trop tard.

Je la revois, hésitante, émue, figée sur le seuil de la porte. À l'époque, j'étais sous l'emprise d'un sévère régime médicamenteux qui ralentissait considérablement ma parole et mon idéation. Elle était là, devant moi, et j'avais cependant l'impression de ne voir qu'un hologramme. Tout était irréel. La lumière, les couleurs, les lèvres de Mary posée sur mon avant-bras immobilisé par la perfusion.

– Je suis venue te chercher. Je t'aime.

Ces mots simples, cette voix familière dont j'avais oublié la chaleur réveillèrent quelque chose en moi, qui m'extirpa de ma torpeur.

Je me sentis coupable d'avoir arraché Mary à ses nuages, de l'avoir contrainte à ce long voyage, de lui infliger une image aussi dégradante de moi. Je demandai à Mary :

– Comment va la Miata ?

Oui, voilà tout ce que je trouvais à dire à cette femme qui avait traversé terres, mers, et venait de vivre, par ma faute, de longs mois de chagrin et d'angoisse.

– Elle t'attend.

Ses doigts effleurèrent mes yeux, sa main caressa mon visage, et je crus alors que je pouvais aimer à nouveau.

Malgré des difficultés d'élocution, je parlai de longues heures avec Mary. Je l'écoutai aussi. Sa voix était parfois parasitée par des phrases de Simon qui, depuis quelque temps, ne cessait de rôder en moi : « L'important est qu'il y ait toujours un Klein dans cette clinique. »

À la tombée de la nuit, l'infirmière demanda à Mary de quitter la chambre. Elle me donna un long baiser et dit qu'elle reviendrait le lendemain matin pour me ramener à Montréal. Luttant contre les effets du Rohypnol, je m'interrogeais sur ce que je voulais vraiment, sur ce que je pouvais encore espérer de moi-même.

Lorsque Mary arriva aux premières heures du jour, je l'attendais dans le couloir. Avant qu'elle eût eu le temps de prononcer la moindre parole, je pris sa main dans la mienne.

– Il s'est passé trop de choses. Je ne suis plus le même. Mon esprit et mon cœur ont changé. Tu ne dois plus rien espérer ni attendre de moi. Je ne veux pas rentrer. Je dois rester ici. Pardonne-moi.

Mary se jeta contre moi et m'enserra dans ses bras. Les miens restèrent suspendus en l'air comme ceux d'un homme qui s'enfonce à pas comptés dans de l'eau glaciale. Au bout d'un moment, avec douceur, je me dégageai de son étreinte et regagnai lentement ma chambre en prenant soin de refermer la porte derrière moi.

Depuis ce jour, il ne s'est pas passé une semaine sans que Tsarian ne m'informât qu'il avait reçu un appel du Canada. Souvent, je regrette d'avoir parlé ainsi à Mary. Je rêve à ce qu'aurait pu être ma vie auprès d'elle si tout cela n'était pas arrivé.

Je sais aussi que, si j'étais rentré à Montréal avec mes sentiments paraplégiques, je l'aurais condamnée à me pousser, pour le restant de mes jours, dans mon fauteuil d'infirme. Alors, sans doute, en est-il mieux ainsi. Malgré la distance et le temps, aujourd'hui, je sens encore Mary tout entière vivre en moi.

30

Me voilà au bout de la digue. À la fin du chemin. C'est pour moi un moment émouvant.

Lorsque je me retourne vers ces années passées, je ne vois rien d'autre que le banal ruban d'une vie.

Mais je tiens à ce filament. Parce que c'est le mien. Et qu'au-delà de tout, il me relie à ceux que j'ai aimés.

C'est pour eux que j'ai écrit cette histoire, pour qu'ils sachent et me comprennent.

De Simon, je dirai qu'il m'a volé bien plus que mon visage, et j'imagine mal le profit qu'il peut tirer de ce coupable larcin. Avant de refermer ce cahier, je lui poserai cependant cette unique question : qui est le plus à plaindre de la victime ou du bourreau ?

Sans doute ne connaîtrai-je jamais les véritables raisons de mon enfermement. Peut-être, sont-elles enfouies au plus profond de moi.

JE PENSE À AUTRE CHOSE

Lorsque j'observe l'horizon, je ne vois que les sombres parois circulaires du cyclone. Je vis dans le calme trompeur de son œil.

Je me déplace avec lui.

Le moment venu, je traverserai cette frontière terrifiante.

C'est dans l'ordre du monde.

Ma vie est finie, je pense à autre chose.

COMPOSITION : ATELIER GRAPHIQUE DES ÉDITIONS DE SEPTEMBRE À PARIS
IMPRESSION : NORMANDIE ROTO IMPRESSION S.A. (61250)
DÉPÔT LÉGAL SEPTEMBRE 1997. N° 144 (971371)